JORGE GALÁN wurde 1973 in El Salvador geboren und lebt zurzeit in Spanien. Sein Werk ist vielfach ausgezeichnet, u.a. mit dem salvadorianischen Nationalpreis. 2016 wurde er zum wichtigsten spanischsprachigen Dichter Lateinamerikas (geboren nach 1970) gekürt und mit dem Preis der Real Academia Española geehrt. *Mein dunkles Herz* ist sein erster Roman.

»Überraschend, berührend – die Stimme einer salvadorianischen Frau namens Magdalena wird auf ewig im Gedächtnis des Lesers eingebrannt sein. So etwas schafft nur das Wunder der Literatur.«
Almudena Grandes

»Nur sehr selten lese ich andere Autoren, dies ist eine Ausnahme. Ein wundervolles Buch in der Tradition von García Márquez und Juan Rulfo. Jorge Galán hat großes Talent und Einfühlungsvermögen.«
Eduardo Mendoza

Besuchen Sie uns auf www.penguin-verlag.de
und Facebook.

JORGE GALÁN

MEIN DUNKLES HERZ

Roman

Aus dem Spanischen von
Angelica Ammar

PENGUIN VERLAG

Die spanische Originalausgabe erschien 2013 unter dem Titel
La habitación al fondo de la casa bei Valparaíso Ediciones, Granada, Spanien.

MIX
Papier aus verantwortungsvollen Quellen
FSC® C014496
FSC
www.fsc.org

Verlagsgruppe Random House FSC® N001967

PENGUIN VERLAG

1. Auflage, 2017

Umschlaggestaltung: Sabine Kwauka
Umschlagmotiv: Bridgeman Images/Scarlet Macaw; Arcangel/Roberto Pastrovicchio; Shutterstock/Hein Nouwens; darqdesign; Konstantin Christian
Redaktion: Ann-Catherine Geuder
Satz: Greiner & Reichel, Köln
Druck und Bindung: GGP Media GmbH, Pößneck
Printed in Germany
ISBN 978-3-328-10100-0
www.penguin-verlag.de

Dieses Buch ist auch als E-Book erhältlich.

Für Nieves García Prado, voller Dank

EINE MYTHISCHE GEBURT

I

EIN GELLENDER SCHREI DURCHSCHNITT die Nacht. Er schallte aus einem dunklen Haus. Ein Mann auf einer Frau hatte ihn ausgestoßen. Ein fürchterlicher Schrei, der sich fortsetzte wie ein Donner, nur folgte darauf kein Blitz, der die Dunkelheit erhellte, sondern endlose Stille. Es klang wie ein Schrei des Entsetzens, doch es war einer der Lust. Der Mann, der schrie, stürzte sich mit seiner Stimme in die Finsternis. Die Frau unter ihm gab nur ein ersticktes Stöhnen von sich. Mehr erlaubte sie sich nicht, aus Rücksicht auf ihre beiden kleinen Kinder, die im Zimmer nebenan schliefen.

Seit sie Kinder hatten, liebten sie sich lautlos. Aber diese Nacht war für ihn anders. Etwas sank aus seiner Brust in seinen Bauch, und er begriff, dass er nicht nur mit seinem Körper fühlte, sondern auch mit seiner Seele, dass seine Bewegungen, sein Zustoßen, der Genuss ihn beinahe zum Explodieren brachten.

Er wusste, was kommen würde, so sehr die Wollust ihn auch vereinnahmte, aber er wollte sich nicht zurückhalten. Er überließ sich seinem Körper. Er überließ sich ihm mit einem übermächtigen Begehren, bis sein Unterleib den Samen ausstieß, der ihn zum Mann machte, bis seiner Kehle mit dem Schrei auch seine Seele entschlüpfte, die ihn zum Menschen machte.

Zurück blieb ein befriedigter Körper. Eine leere Hülle. Der Mann, der geschrien hatte, war tot. Er war ein Wanderer gewesen, der nach fast einem Jahrhundert unablässigen Umherziehens innegehalten hatte. Er war neunundneunzig Jahre alt und starb mit dem Wissen, ein drittes Mal Vater zu werden. Seine Frau würde es erst einige Wochen später erfahren.

2

DER WANDERER HATTE KEINEN Namen. Bei seiner Geburt nannte seine Mutter ihn Sohn, und da es auf dem Berg, auf dem sie lebten, sonst niemanden gab, außer den Vögeln, den Agutis, den Hasen und ein paar Bergkatzen, bestand keine Notwendigkeit, ihm einen anderen Namen zu geben. Als er älter wurde, suchte er sich Arbeit auf einer nahegelegenen Hazienda, und dort nannte man ihn Junge.

»Wie heißt du?«, fragte ihn der Vorarbeiter.

»Sohn«, antwortete er.

»Du heißt Sohn, sagst du?«

»So nennt mich meine Mama.«

»So ein Unsinn. Wenn du keinen Namen hast, bist du hier eben der Neuling, denn Sohn werden wir dich bestimmt nicht nennen.«

Und so wurde er der Neuling, aber da er das Glück hatte, vom Besitzer der Hazienda, Don Eustacio, zu seinem persönlichen Helfer gemacht zu werden, weil er fleißiger war als alle anderen, schneller begriff, besser gehorchte, nannte ihn bald niemand mehr verächtlich den Neuling, sondern Junge, wie der Herr ihn rief. Dreißig Jahre lang hieß er so. Dann starb Don Eustacio, und sein Erstgeborener, Eustacio

Genaro, übernahm die Hazienda und ihre Arbeiter, darunter den Jungen, der inzwischen lesen und schreiben konnte und zum Mann geworden war: schwarzes Haar, schräge Augen, Hut, weißes Hemd, selbst gemachte Ledersandalen, gesunde Zähne, komplett und ohne Karies, weshalb man sagte, er sei aus gutem Holz.

»Und wer war dein Vater?«, fragte Eustacio Genaro ihn eines Tages.

»Meine selige Mutter hat es mir nie gesagt.«

»Und wo bist du geboren?«

»Ich habe auf dem Berg San Jacinto gelebt, bis ich hierherkam und bei Ihrem Vater zu arbeiten begann.«

»Schön, aber ein Junge bist du nicht mehr. Vielleicht nennen wir dich am besten einfach Mann.«

Und so kam es. Wenn die Frauen ihn sahen, tuschelten sie hinter seinem Rücken.

»Da kommt der Mann«, sagte eine.

»Dieser seltsame Mann, der noch nie eine Frau gehabt hat«, sagte eine andere.

»Wer weiß, warum, vielleicht hat er ja nur Luft zwischen den Beinen«, sagte eine Dritte, und alle kicherten.

Da war der Mann um die vierzig und hatte noch nie bei einer Frau gelegen, hatte auch nie das Bedürfnis verspürt. Er war ein sonderbarer Einzelgänger, der, wenn der Chef auf Sauftour war und die Hazienda unbeaufsichtigt ließ, was des Öfteren vorkam, lange Wanderungen unternahm, in die Berge oder entlang der Flüsse, und er legte sich auch gern unter die Bäume und lauschte ihrem Rauschen, und wenn die Leute ihn so im Gras liegen sahen, mit offenen Augen und einer stillen Fröhlichkeit um den Mund, sagten sie, er verstehe die Sprache der Bäume, höre sie Geschichten erzählen, alte Geschichten von alten Welten, Geschichten, die älter waren als die Menschheit selbst. Er habe den Bäumen so lange gelauscht, hieß es, bis er ihre Sprache beherrschte, wie auch die der strömenden Flüsse und pfeifenden Winde. Man erzählte sich Geschichten über den Mann, und der Mann erzählte den Kindern Geschichten, und für kurze Zeit, zwischen seinem sechzigsten und siebzigsten Lebensjahr, nannte man ihn den Geschichtenerzahler oder den alten Geschichtenerzähler oder den Alten mit den Geschichten, und er wanderte auf der Hazienda umher oder quer durchs Land und die Dörfer, setzte sich in die Parks und bannte die Kinder mit Geschichten von Zauberern und schrecklichen Kriegen und tapferen Rittern, und alle waren verblüfft, ihn so anders reden zu hören, so gebildet, und niemand konnte sich erklären, wo er das gelernt hatte.

Mit zweiundsiebzig Jahren übernahm Eustacio Genaros Sohn, Genaro Alberto, die Hazienda, da sein Vater, der sich ein Leben lang dem Schnapstrinken gewidmet hatte, an der Leber litt. Genaro Alberto entschied, dass der Mann zu alt sei, um mehr zu tun, als Nachrichten von einem Hof zum anderen zu bringen. Und diese Aufgabe vertraute er ihm an, nicht, weil er den Mann loswerden wollte, sondern weil er ihn schätzte und bewunderte, vor allem, weil der Mann immer noch ein lückenloses Gebiss besaß, weiß wie Meeresschaum, ohne ein einziges Loch.

»Sag, was machst du mit deinen Zähnen?«, fragte er ihn eines Tages.

»Ich spüle sie einfach nur aus«, antwortete der Mann.

»Nur mit Wasser?«

»Nur mit Wasser, ja.«

»Dafür sind sie aber wirklich gesund, so hätte ich meine auch gern.«

Der Mann, der so gut wie nie lächelte, gestattete sich ein flüchtiges Grinsen, und Genaro Alberto konnte sich erneut der ausgezeichneten Gesundheit dieser weißen Zähne überzeugen.

»Ich habe dir etwas aufzutragen«, sagte Genaro Alberto. »Du sollst mir eine Nachricht zu Don Fausto bringen, dem von der Finca El Pital. Das Gehen macht dir doch keine Mühe, oder?«

»Nein, ich bin mein Leben lang gegangen«, war die Antwort.

Als Kind war er von San Marcos, wo er lebte, bis auf die andere Seite des San-Jacinto-Bergs nach Ilpango gegangen, nur um dort im See zu baden. Als Junge und später als Mann war er von der Hazienda aus so lange gewandert, bis er auf einen Fluss mit Bäumen stieß. Manchmal marschierte er tagelang, ohne einen Bissen zu essen, nur einen Schluck Wasser trank er gelegentlich im Gehen. Noch als alter Mann wanderte er von einem Ort zum anderen, von einem Dorf ins nächste, quer durchs Land. Er brachte Botschaften zur Finca El Pital, zur Finca El Aro de Bronce, zur Finca El Paraíso, zur Finca Los Bueyes, zur Finca Santa María und zur Finca Santa Eugenia und kam mit den Antworten zurück. Ein ums andere Mal marschierte er, ohne einmal stehen zu bleiben, und wenn Don Genaro Alberto oder ein Vorarbeiter ihn fragten, ob er müde sei, ob er sich nicht ein wenig in seiner Hängematte ausruhen wolle, sagte der Mann Nein, er sei lieber den ganzen Tag auf den Beinen, das verschaffe ihm Lebenslust.

Weshalb die Leute, die Vorarbeiter und sogar Don Genaro Alberto hinter seinem Rücken tuschelten: »Der Alte ist noch voller Kraft, weil er in seinem Leben keine Frau gehabt hat.«

»Das muss es sein.«

»Schon, aber nicht einmal die Priester sind so, sogar die Priester bekommen graue Haare, und schaut ihn nur an, was für ein zäher Kerl er ist«, sagte Don Genaro Alberto.

»Aber ist es nicht furchtbar, niemals eine Frau gehabt zu haben?«

»Das ist es wohl. Ein seltsamer Mensch, sein Leben lang, und jetzt tut er kaum noch den Mund auf, erzählt nicht einmal mehr die merkwürdigen Geschichten, die man früher von ihm hörte.«

»Ja, nicht einmal mehr das, es ist wahr«, sagte Don Genaro Alberto.

Er wanderte über den Berg, um eine Nachricht zur Finca Santa Petrona zu bringen, als er an einem Holzhaus mit Strohdach vorbeikam und das Stöhnen einer Gebärenden hörte. Er blieb stehen und fühlte, wie sein Kopf von einem fremden Geruch erfüllt wurde, der aus dem Inneren des Hauses kam, und er dachte, ohne dass er damals wusste oder wir jetzt wüssten, warum, dass dieser Geruch den gespreizten Beinen der Frau entstieg, ohne ihrer zu sein. Kurz darauf hörte er das Greinen eines Neugeborenen, und der Geruch wurde noch stärker. So stark, dass dem Mann die Beine nachgaben, er sich plötzlich ganz schwach fühlte und zu Boden sank und auf diese Weise die Erde schmeckte, den Staub des Pfades, über den er gekommen war.

Er fiel in einen tiefen Schlaf, an ebender Stelle, an der er hingesunken war. Es war fast vier Uhr nachmittags. Erst in den Morgenstunden des nächsten Tages erwachte er wieder, unter den Sternen, nachdem er die ganze Nacht von Engeln geträumt hatte, mit denen er sich über etwas unterhalten hatte, das er niemandem je erzählen würde. Damals war er achtzig Jahre alt, und wie die Vorarbeiter und Don Genaro Alberto richtig sagten, hatte er nie bei einer Frau gelegen.

3

IM JAHR DARAUF GING er wieder zur Finca Santa Petrona und im Jahr danach wieder und im darauffolgenden auch. Erst sah er eine Frau mit einem kleinen Mädchen auf dem Arm, dann sah er die Frau mit dem Mädchen an der Hand, dann sah er ein Mädchen, das sich in einem Becken vor dem Holzhaus das Gesicht wusch. Das Mädchen hatte glattes Haar, ein rundes Gesicht, leicht geschlitzte Augen und einen dunklen Teint, es trug ein abgenutztes rotes Kleid und war barfüßig. Sechzehn Jahre lang ging der Mann einmal im Jahr an diesem Haus vorbei.

Als er fünfundneunzig Jahre alt wurde, verspürte er das Bedürfnis, nicht mehr nur einmal im Jahr dort vorbeizugehen, sondern jeden Monat. Der Vater der Familie, den er nie gegrüßt hatte, begann ihm zuzunicken, und ab und an wechselten sie sogar ein paar Worte, und eines Tages blieb der Wanderer im Schatten eines Baumes stehen und erzählte dem Vater eine Geschichte. In dem Haus lebten neun Personen, die Eltern und sieben Kinder, aber nur das Mädchen kam heraus und setzte sich zu ihnen. Es hatte kräftige Schenkel und breite Hüften und langes schwarzes Haar, das es im Flusswasser mit Kernseife wusch und in das es manchmal weiße Blumen steckte, die es auf dem Feld pflückte. Viele Geschichten an vielen Nachmittagen folgten auf diesen ersten Nachmittag und diese erste Geschichte.

Eines Tages merkte der Wanderer, dass es an der Zeit war, die Geschichte zu erzählen, die er von Anbeginn an in sich trug, die Geschichte eines inzwischen sehr alten Mannes, der in ein sehr junges Mädchen verliebt war. Also erzählte er sie ihnen, und der Vater mochte sie sehr, das Mädchen auch, und ehe die Mutter die Brüder des Mädchens herbeirufen konnte, um es zu verhindern, hatte das Mädchen seine Sachen gepackt und war dem gefolgt, der mittlerweile nur noch der Greis genannt wurde.

Der Greis nahm das Mädchen mit in ein lehmverputztes kleines Haus am San-Jacinto-Berg, auf der Seite von San Marcos, und dort legte er sich, mit sechsundneunzig Jahren, zum ersten Mal zu einer Frau, und er zeugte seinen ersten Sohn, einen Knaben, den die Mutter Pedro Luis nannte, weil sie, im Gegensatz zu ihrem Mann, Namen mochte. Sie selbst hieß Marta Tita. Ein Jahr später beschloss der Greis, sich ein zweites Mal zu seiner Frau zu legen, und so geschah es auch, und er schwängerte sie wie beim ersten Mal. Neun Monate später bekamen sie ein Mädchen, das Marta Tita nach sich selbst nannte, und der Zufall wollte, dass es an einem zweiundzwanzigsten Mai geboren wurde wie sein Bruder im Vorjahr.

Zwei Jahre vergingen. Da wollte der Wanderer sich ein drittes Mal zu seiner Frau legen, und so geschah es auch, in einer windigen Nacht, und er beglückte sie noch mehr als zuvor. Ihr alter Mann mit den makellosen Zähnen hatte seine ganze Energie für die letzten Jahre seines Lebens bewahrt, und die stieß er in dieser Nacht von sich, inmitten des Windes, unter den Sternen, umgeben vom Duft des wilden Jasmins, der auf der Wiese vor dem Lehmhaus wuchs, er stieß alles von sich und blieb leblos auf ihr liegen, nach einem letzten durchdringenden Schrei, der die Nacht entzweite wie ein Blitz.

4

MARTA TITA WAR EINE Frau mit drei Kindern, einem toten Mann und einem Land, auf dem noch nichts gesät war. Die Geburt des dritten Kindes hatte sie sehr geschwächt, aber sie wollte nicht in ihr Elternhaus zurückkehren, das sie mit sechzehn an der Hand eines Greises verlassen hatte, ihres zukünftigen Mannes. Ihr drittes Kind kam 1920 zur Welt. Die darauffolgenden Jahre wurden sehr arbeitsreich für sie. Sie musste ihr Land fruchtbar machen, Schweine und Hühner versorgen. Trotz ihrer mangelnden Erfahrung und ihrer Einsamkeit erging es ihr gut. Bis das erste Kind sechs Jahre wurde. Am Vorabend seines Geburtstags schmerzten Pedro Luis der Kopf und die Augen, was Marta Tita sehr besorgte, denn er war seit seiner Geburt nicht einmal krank gewesen, hatte nie eine Grippe oder auch nur Bauchschmerzen gehabt. Sie wickelte ihn die Nacht über in eine Wolldecke, legte ihn in ihr Bett und gab ihm warme, mit Melasse gesüßte Kuhmilch zu trinken. Am nächsten Morgen, dem zweiundzwanzigsten Mai, war das Kind tot, und die untröstliche Mutter ließ einen Monat lang alle Arbeit ruhen und weinte sich die Augen aus.

Ein Jahr später sagte die kleine Marta Tita am Vorabend ihres sechsten Geburtstags zu ihrer Mutter, ihr schmerzten Kopf und Augen, und so sehr die Mutter auch die ganze Nacht über inbrünstig betete und flehte, ihrem Mädchen möge nicht das gleiche Schicksal widerfahren wie dem älteren Bruder, es halfen weder Gebete noch Rosenkranz noch Fürbitten an alle ihr bekannten Heiligen und die Mutter Gottes: Am nächsten Morgen war das Mädchen tot. Die Mutter verfiel in einen apathischen Zustand und sagte sich in ihrer unendlichen Trauer, in einer tiefen Verbitterung, die ihre Zunge schal und pelzig machte, dass ihr Leib und ihre Kinder verflucht waren und dass die Schuld daran der Mann trug, den sie aus ihr nicht mehr erfindlichen Gründen einige Jahre lang geliebt hatte.

Einige Zeit nach dem Tod ihrer Tochter, als sich der sechste Geburtstag des dritten Kindes näherte, beschloss Marta Tita, den Berg zu verlassen und Hilfe zu suchen. Ein Kloster erschien ihr dafür am besten geeignet. Sie nahm das Kind, packte etwas Kleidung in ein Bündel und verließ das Lehmhaus eines frühen Morgens im Jahr 1926. Der Junge, der den Namen Vicente trug, war ebenfalls an einem zweiundzwanzigsten Mai zur Welt gekommen, und sie wollte alles daransetzen, ihn vor dem Unglück zu bewahren.

5

IM KLOSTER SANTA LUCÍA befanden sich die Zimmer in unterirdischen Katakomben, wie auch die Zellen, in die sich die Nonnen begaben, wenn sie fernab aller Geräusche beten wollten. Doch das Erdgeschoss war hell, versehen mit etlichen Bogen- und Bleiglasfenstern und von großzügigen Gärten umgeben, in denen das Gras spross. Im Innenhof war ein Gemüsegarten angelegt, in dem die Nonnen Tomaten, Thymian, Petersilie, Zwiebeln und Kartoffeln anbauten. An der linken Seite des Hofs befand sich ein Schuppen mit Ziegeldach und Holzkäfigen, in denen Hühner gehalten wurden. Schwester Angela, die Mutter Oberin, war eine Frau mit freundlichem Gesicht und Auftreten, die Marta Titas Bericht mit einem Lächeln auf den Lippen lauschte und ihr beipflichtete, dass jener Mann, der Vater ihrer Kinder, ein Hexer gewesen sein müsse.

»Das ist nicht christlich«, sagte die Mutter Oberin, und Marta Tita nickte stumm. »Aber Gott lässt seine Kinder nicht im Stich, so wenig wie wir unsere Töchter, wenn sie Hilfe brauchen. Du kannst hierbleiben, zumindest bis nach dem Geburtstag deines Sohnes. Wir werden Tag und Nacht mit dir beten. Du wirst sehen, alles wird gut, dein Kind wird leben.«

Am einundzwanzigsten Mai in aller Frühe wurde mit den Gebeten begonnen. Die Nonnen schlossen das Kloster und empfingen keine Besuche. Den ganzen Tag beteten sie Rosenkränze für den Knaben und baten, jeder Fluch und alles Böse, das ihm gelten könnte, möge abgewendet werden. Vicente schickten sie zum Spielen in den Hof, ließen ihn die Hühner anschauen, mit Schwester Berenice singen, den Köchinnen beim Backen eines Biskuitkuchens helfen, mit Cayetano, dem Gärtner, Fußball spielen. Abends riefen sie ihn zum Gebet. Nach dem Nachtmahl gaben sie ihm ein warmes Glas Milch mit Bienenhonig, in das ein wenig Vanilleessenz geträufelt und etwas Zimt gepudert war. Gegen acht Uhr schlief das Kind ein, und sie saßen schweigend darum und beteten die ganze Nacht. Sie beteten für sein Leben und seine Seele und für das Leben und die Seele seiner Mutter. Am nächsten Morgen öffnete Vicente die Augen, war sechs Jahre alt, es war der zweiundzwanzigste Mai 1926, und er war gesund und kräftig und quicklebendig und sogar glücklich, denn es war sein Geburtstag, und die Köchinnen hatten einen wunderbaren Geburtstagskuchen für ihn gebacken. Das Kind stand auf und sah aus wie immer, trotzdem betete ein Großteil der Nonnen und seine Mutter den ganzen Tag lang weiter. Ausgenommen Schwester Angela, die zur Mutter sagte: »Marta Tita, deinem Sohn wird bestimmt nichts passieren, schau nur, wie er die Hühner ärgert, außerdem hat er schon mit dem Finger vom Kuchen genascht, der kleine Bengel ist putzmunter.«

Da war es Vormittag, dennoch betete Marta Tita weiter für ihren Sohn. Erst am darauffolgenden Morgen, als sie aufwachte und sah, dass er noch immer am Leben war und lachend im Kloster Santa Lucía umherlief, atmete sie auf und fühlte Frieden in sich einkehren. Das Kind würde weder an diesem Tag noch am nächsten noch am übernächsten sterben. Der Fluch, wenn es denn einen gab, hatte ihm nichts anhaben können.

6

VICENTE VERBRACHTE SEINE KINDHEIT und einen Großteil seiner Jugend zwischen Gärtnern, Nonnen und Köchinnen. Zu seinem Glück wollte seine Mutter nicht mehr in das alte Haus zurück, aus Furcht, das Böse, vor dem sie geflüchtet waren, warte dort noch auf sie. Ebenso zu seinem Glück boten die Nonnen ihr an, bei ihnen zu bleiben und sich im Kloster nützlich zu machen. Und so lebte Marta Tita dort mit ihrem Sohn Vicente, den die Nonnen in der Religion unterwiesen, die Köchinnen im Kuchenbacken, der Gärtner im Gemüseanbau und sie selbst, Marta Tita, darin, festen Glauben in die Dinge zu haben. Darüber hinaus lernte er den Brauch, Weihnachten mit einem großen Festschmaus zu feiern, schließlich war es, wie Schwester Angela sagte, der Geburtstag von Jesus Christus, und da dürfe man nicht knausern oder heuchlerische Überlegungen anstellen. Weihnachten war die beste Zeit des Jahres im Kloster Santa Lucía. Die Nonnen buken Kuchen, brieten Truthähne, schoben Brotlaibe in den Holzkohleofen und bereiteten Milchreis, Karamellpudding und Biskuitkringel zu. Schwester Genoveva studierte mit allen Weihnachtslieder ein, und Mutter Ursula baute mit Vicente die Krippe mit den Lehmfiguren auf. Es waren glückliche Jahre, denn die Nonnen im Kloster Santa Lucía waren alles andere als langweilig. Sie beteten nicht mehr, als sie beten mussten, und schimpften nicht mehr als nötig. Es war nicht leicht für Vicente, als Halbwüchsiger den Entschluss zu treffen, den Ort zu verlassen, an dem er so glücklich gewesen war.

Doch eines Abends, sie waren im Garten, teilte er seiner Mutter seine Entscheidung mit.

»Ich glaube«, sagte Vicente, »es ist an der Zeit für mich, zu gehen. Ich glaube, es ist so weit.«

»Ich wusste, dass du das eines Tages sagen würdest«, antwortete seine Mutter.

»Aber Mama, das Leben ist nun mal so.«

»Ich sage ja nicht, dass es nicht so ist, sondern nur, dass ich diesen Moment erwartet habe. Ich wusste, dass du zu mir kommen und mir sagen würdest, dass du gehen willst.«

Marta Tita kannte nicht viel von der Welt, aber das wenige, was sie wusste, teilte sie ihm mit, und zwei Wochen später, an einem Junitag im Jahr 1940, verabschiedete sie ihren Sohn am Bahnhof. Sie sollte ihn nie wiedersehen. Als sie drei Jahre später in einer unbeleuchteten Straße von einem Auto überfahren wurde, befand sich ihr Sohn irgendwo am Panamakanal. Die Nachricht erreichte ihn zwei Tage später in Form eines Telegramms, das er ins Meer warf, kaum hatte er es gelesen.

Als er vom Tod seiner Mutter erfuhr, überkam ihn ein Gefühl der Einsamkeit, wie er es nie zuvor gekannt hatte. Er fühlte sich leer, als gähne ein finsterer Abgrund in ihm. Von da an sagte er kaum noch ein Wort und begann, in seiner freien Zeit lange Strecken zu wandern, zumeist ohne festes Ziel. Er kam durch Wälder, in denen er lernte, dem Rauschen des Windes zwischen den Ästen und dem Murmeln der Flüsse zu lauschen und nächtelang mit offenen Augen auf dem Boden zu liegen und die Sterne zu betrachten, als hoffe er, in ihrer Unermesslichkeit eine Antwort darauf zu finden, was er mit seinem Leben anstellen solle, mit diesem Leben, das ihm so sonderbar anmutete. Denn die anderen Männer, mit denen er auf der Mole arbeitete, gingen in Bars und tranken Bier, besoffen sich, schliefen mit Prostituierten oder hatten wechselnde Liebschaften, doch all das war nichts für ihn, noch nie hatte er Verlangen nach einer Frau empfunden, nicht einmal, wenn er die Europäerinnen an den Stränden sah, in ihren zu knappen Badeanzügen und mit den herrlichen bloßen Beinen, schön wie die Sonne. Er gewahrte die Schönheit, aber er gewahrte auch sein fehlendes Verlangen. Und das machte ihn noch verschlossener, schweigsamer. Und diese Verschlossenheit brachte ihn dazu, noch mehr zu wandern und noch eingehender dem Wind in den Blättern oder dem Meer zu lauschen, wenn er bei Sonnenuntergang im Sand saß und die Wellen seine Füße umspülten, und zunehmend kam es ihm vor, als würde er von der Welt abdriften, immer weniger den Menschen angehören. Er hatte sogar die merkwürdige Gewohnheit angenommen, manchen neuen Bekanntschaften zu sagen, er habe keinen Namen, seine Eltern hätten ihm keinen gegeben, sie hätten ihn erst Kind, dann Junge und dann Mann gerufen, und es sei ihm egal, ob man ihn Juan oder Gilberto oder Pablo nenne oder wie seinen eigenen Vater, einfach Mann. Viele Leute nannten ihn in dieser Zeit deshalb so.

Die Jahre vergingen, bis zu einem Januarmorgen im Jahr 1951. In der Nacht hatte der Mann einen seltsamen Traum gehabt, in dem er Engel gesehen hatte, und erinnerte er sich auch an nicht viel mehr als an ein Gleißen, das ihn geblendet hatte, und an ein Wispern in einer unverständlichen Sprache, wusste er doch, dass der Moment gekommen war, dorthin zurückzukehren, wo alles seinen Anfang genommen hatte. Ein paar Wochen später packte er seine Sachen in einen schwarzen Koffer, zog sein kaffeebraunes Jackett an, band sich eine Krawatte um und setzte einen Filzhut auf. Er ging zum Bahnhof, kaufte ein Ticket und verließ den Kanal, die Schleusen, das Meer, an dem er die letzten zehn Jahre verbracht hatte. Wenige Tage später kam er nachmittags um drei Uhr zwanzig an einem vollen Bahnhof an und stieg in einer Stadt aus dem Zug, die er nicht kannte, weil er nie in ihr gelebt hatte. Ohne sich umzusehen, ging er über den vollen Bahnsteig, wo niemand auf ihn wartete, denn nicht einmal die Nonnen vom Kloster Santa Lucía hätten von Santa Tecla nach San Salvador kommen können, sie wussten nichts von seiner Ankunft. Doch da geschah etwas Unverhofftes: Ein Mädchen winkte ihm zu. Für einen Augenblick fiel sein Blick auf sie. Er nahm an, dass sie nicht ihn meinte. Ihr Gruß musste jemand anderem gelten. Er kannte sie nicht. Er war sich sicher, dass er sie nie zuvor gesehen hatte. Sie war sehr schön, wie er aus den Augenwinkeln sah, und sie winkte ihm weiter zu, was ihn nervös machte. Er konnte es sich nicht erklären. Wer war sie? Woher kannte sie ihn? Verwechselte sie ihn mit jemandem? Da dachte er: Sollte das Mädchen jetzt zu ihm kommen und ihn nach seinem Namen fragen, würde er sich nicht mehr an ihn erinnern. Das dachte er, doch im gleichen Moment merkte er, dass er sich doch erinnerte, dass er ihr nicht sagen würde, nenne mich Juan oder Gilberto oder einfach nur Mann, weil er ganz plötzlich seinen eigenen Namen wieder wusste: Vicente Sánchez, und er merkte, dass er ihm nicht nur wieder eingefallen war, sondern dass er ihn ihr auch sagen wollte. Da spürte er die Hand auf der Schulter, die warme Hand, die ihn abholen gekommen war.

MAGDALENA

I

SIE SAGTE MIR, SIE habe übernatürliche Kräfte, und ich hätte ihr gern geglaubt, aber ich konnte es schon nicht mehr. Doch zuhören konnte ich ihr, mich mit ihr zurückversetzen an diesen Tag, an dem alles begann, das vierzehnjährige Mädchen vor mir sehen, das sie damals war, und sie das Haus verlassen sehen, ein rotes Wolltuch um die Schultern, weil es Oktober war und sehr früh am Morgen und ein kühler Wind wehte. Dazu bin ich in der Lage, ich kann sie die Straße entlanggehen sehen, an ihrer Seite ein namenloses Tier, das zu taufen niemand sich die Mühe gemacht hatte und das sie und ihre Brüder einfach Hund nannten. Ich kann sie auch die Bäckerei betreten und kurz darauf mit dem bestellten süßen Brot für das Frühstück von Don Leocadio, ihrem Vater, wieder herauskommen sehen und die magischen Worte hören, die ihr den ersten bösen Wunsch einflößten.

»Bevor du weitergehst, räumst du mir aber die Scheiße weg, die dein Köter ins Gras gesetzt hat.«

Es war Doña Margarita, die das gesagt hatte, und ihre Worte verwunderten das Mädchen gleich doppelt. Zum einen, weil Doña Margarita sonst mit keinem ihrer Nachbarn sprach, sie nicht einmal grüßte. Niemand kannte den Grund für ihr Schweigen, man nahm jedoch an, sie habe der Jungfrau ein Gelübde abgelegt, es würden keine anderen Worte als die für den Rosenkranz über ihre Lippen kommen, bis sie ihren Mann wiederhabe. Von ihrem Mann, der sich, so hatte er zumindest gesagt, als Freiwilliger im Ersten Weltkrieg gemeldet hatte, war seit so vielen Jahren kein Brief mehr gekommen, dass sich schon niemand mehr an die Zeit erinnerte, in der Doña Margarita ganze Nachmittage mit ihren Nachbarinnen schwatzte, und niemand hätte sagen können, vor wie vielen Jahren sie das schwarze Kleid angelegt und sich den Anbeterinnen des Heiligen Sakraments der Candelaria-Kirche angeschlossen hatte.

Der zweite Grund für Magdalenas Verwunderung war, dass sie sich niemals hätte vorstellen können, aus dem Mund einer Frau, die sie naiv für eine Art Heilige gehalten hatte, ein so ordinäres Wort zu hören. Es erschien ihr derart unglaublich, dass sie wagte, nachzufragen: »Wie bitte?«

»Was soll das heißen, wie bitte? Du sollst die Scheiße da aus dem Gras räumen, hab ich gesagt, oder dein Köter kriegt meinen Besen zu spüren.«

Sie redete laut, damit es nicht nur das Mädchen, sondern auch die Passanten hörten. Sie wollte das Mädchen, damals fast noch ein Kind, beschämen. Magdalena – so heißt die Frau, der ich zuhöre, aber leider nicht ganz glauben kann – riss ein paar Blätter ab, senkte den Blick, beugte sich hinab, nahm die Exkremente auf und wünschte sich, ein Taubenschwarm, alle Tauben aller Gebäude des Zentrums, sollten über das Haus und den Garten von Doña Margarita fliegen und ihre Eingeweide darüber entleeren. Als sie am nächsten Morgen aus dem Haus ging, um die gleichen Besorgungen zu erledigen wie jeden Tag, in dasselbe Wolltuch gehüllt, dasselbe Tier an den Rockzipfeln, wehte der Wind ihr feuchte Ausdünstungen in die Nase, die sie zunächst nicht zuordnen konnte, doch als sie eine Straße weiter um die Ecke bog und auf halber Strecke des Blocks die Leute vor Doña Margaritas Haus zusammenstehen und sich die Nase zuhalten sah, begriff sie, worum es sich handelte. Das Grundstück hatte sich in eine Dreckhalde verwandelt. Wie sie es sich gewünscht hatte, waren Doña Margaritas Haus und Garten von einer breiigen Schicht dampfender Taubenexkremente bedeckt. Das Rathaus musste am späten Vormittag Leute schicken, die beim Saubermachen halfen. Der Gestank hielt fast eine Woche an. Doña Margarita traute sich vor Scham bis in die ersten Dezembertage nicht einmal mehr in die Kirche. Sie sperrte sich ein und betete, sagten die Leute, und einmal am Tag sah man ihre Gefährtinnen aus der Kirche mit einem Kochtopf voll Essen oder einer Einkaufstasche vom Markt oder Kerzen vorbeikommen, damit die Heiligenbilder der Zurückgezogenen nicht ohne Licht blieben.

Magdalena war sich nicht sicher, ob sie all das hervorgerufen haben könnte, wünschte es sich jedoch mit aller Kraft. Immer wieder fragte sie sich, ob es möglich war, dass sie über eine solche Macht verfügte.

2

IN DEM CANDELARIA-VIERTEL, IN dem Magdalena als junges Mädchen lebte, strich eine verwirrte Frau durch die Straßen, die man die Pizpireta nannte. Niemand wusste, ob sie Angehörige besaß. Wie alle obdachlosen Verrückten war sie eines Tages einfach da, richtete auf der Treppe der Candelaria-Kirche ihre Schlafstätte ein, und dort blieb sie, lungerte im Viertel herum, ernährte sich von Abfällen, schmuggelte sich in private Festlichkeiten. Unter ihrem schmuddeligen roten Kleid steckte ein Kissen, und immerzu schrie sie laut durch die Gegend, dass sie schwanger sei. Mit Männern war sie freundlich und gefällig, wenn man die Art freundlich nennen konnte, wie sie ihre Aufmerksamkeit auf sich zog, wie sie einem Zeitungsleser auf einer Parkbank übers Haar strich oder einem versunken am Brückengeländer stehenden Passanten, der das gleichmäßige Rauschen des damals noch durch die Stadt fließenden Acelgüate betrachtete, das Kinn kitzelte. Frauen gegenüber verhielt sie sich dagegen bedrohlich und aggressiv. Mehr als einmal ohrfeigte sie eine junge Frau, die am Arm ihres Verlobten oder Mannes ging, versah sie mit wüsten Beschimpfungen und nannte den Mann einen »treulosen Hurensohn«.

Magdalena sagt, einmal habe die Pizpireta in der Candelaria-Kirche mehrere Nonnen mit Steinen beworfen, einer sei eine Augenbraue aufgeplatzt, eine andere sei mitten auf die Stirn getroffen worden und habe das Bewusstsein verloren. Sie erzählt auch, dass sie sich bei einer Osterprozession vor den entsetzten Blicken der Anbeterinnen des Heiligen Sakraments mit einer gewissen Doña Genoveva geprügelt habe, der Priester habe einen Eimer Wasser über ihnen ausleeren müssen, um sie auseinanderzubringen.

Nach Magdalena warf sie auch einmal einen Stein, er ging allerdings daneben. Magdalena war damals noch ein ganz junges Ding mit offener schwarzer Mähne, die sie jeden Samstag mit Kamillenextrakt und drei Mal wöchentlich mit Kernseife wusch. Sie ging auf die Höhere Mädchenschule und trug ihre makellose weiße Uniform so stolz wie die Damen des Adels in den internationalen Zeitschriften Seidenkleider von französischen oder italienischen Modeschöpfern. Sie bewegte sich mit geschmeidiger Grazie, war groß, schlank, elegant und hübsch. Sie hatte schwarze Augen, lange Wimpern und dichte gerade Brauen, die sich zu den Wangenknochen hin sanft wölbten; ihre Lippen waren voll, wenn auch etwas blass. Sie war vierzehn Jahre alt, und die Männer pfiffen ihr von Kneipentresen, Caféterrassen und Parkbänken nach. Sie spazierte vorüber. Sie spazierte vorüber, ohne stehen zu bleiben. Wedelte sich mit einem Fächer zu, den ihre Busenfreundin Ana Bulnes ihr geschenkt hatte. In ihrer weißen Uniform und den flachen schwarzen Schuhen, schwarz wie ihre Augen, und alle Blicke folgten ihr, wenn sie sich scheinbar zerstreut über das Haar strich, das Kinn hob, bevor sie die Straße überquerte, als wollte sie sagen: Schaut her, seht doch nur, wie elegant ich bin, seht doch nur, wie wohlgeformt und bezaubernd ich bin, ich bin schön wie eine Statue im Vatikan oder ein Modell von Renoir, genau wie Rosa sie mir in einer europäischen Kunstzeitschrift gezeigt hat. Alle Blicke lagen auf ihr, auf ihren Schenkeln, die sich unter dem weißen Kleid abzeichneten, den noch winzigen harten Brustwarzen, der graziös den Fächer wedelnden Hand, alle schauten sie an, wenn sie an der Straße mit gerecktem Kinn nach links und rechts schaute, und sie pfiffen und riefen ihr irgendwelche Anzüglichkeiten und Gedichtzeilen von Rubén Darío zu, doch mit einer Statue hätte sie niemand verglichen, vielleicht, weil Statuen leblos sind und sie so durch und durch lebendig war, und niemand hätte bei ihrem Anblick an eine Mademoiselle von Monsieur Renoir gedacht, fraglos, weil damals wie heute niemand im Candelaria-Viertel und den Kneipen, Straßen, Cafés und Parks des Zentrums gewusst hätte, wer Renoir war.

So war Magdalena zu dieser Zeit, so ging sie durch die Straßen, und vielleicht waren es diese angeborene Eleganz oder die gebannten Blicke der Männer, die den jähen Hass hervorriefen, mit dem die Pizpireta den ersten Stein nach ihr warf, just in dem Augenblick, in dem meine Großmutter Magdalena das Kinn reckte, um die Straße zu überqueren. Der Stein traf sie nicht, flog aber nur knapp an ihrer Nase vorbei, so knapp, dass das Mädchen vor Schreck fast ohnmächtig wurde. Das war die erste Konfrontation zwischen meiner Großmutter und der Pizpireta. Weitere ließen nicht auf sich warten. Jedes Mal, wenn die Pizpireta von da an Magdalena auf der Straße sah, machte sie obszöne Gesten und schrie ihr Schimpfwörter nach. Einmal traf Diana, die jüngste der drei Bulnes-Schwestern, eine Melonenschale im Gesicht, die eigentlich der neben ihr stehenden Magdalena gegolten hatte. Diana lief schluchzend ins Haus. Auf der anderen Straßenseite gestikulierte die Pizpireta und stieß Hasstiraden hervor, die der Vergessenheit anheimgefallen sind. Magdalena sah sie und biss sich auf die Lippen, weil sie es nicht wagte, ihr etwas zu entgegnen. Sie hatte Angst vor ihr. Eine tief sitzende, schreckliche Angst. Seit Monaten dauerte das nun schon an, aber Magdalena fand keinen Weg, sich den Anfeindungen dieser Frau zu entziehen. Sie ging ins Haus der Bulnes-Schwestern, verriegelte die Tür und sah nach Diana. Das Mädchen lag heulend auf dem Bett, neben ihr saß die Mutter, machte ihr das Gesicht sauber und trug dem Dienstmädchen auf, etwas Aloe Vera aus dem Innenhof zu bringen, um den Wangenknochen damit zu bestreichen. Arme Diana Bulnes, eine Verrückte hatte ihr eine Melonenschale ins Gesicht geworfen, aber es war schließlich nur ein dummes

Pech gewesen, weil eigentlich Magdalena gemeint war. Und da kam wieder jene sonderbare, fürchterliche Magie zutage. Magdalenas zweiter Wunsch. Und dieses Mal wünschte sie sich mit aller Kraft, dass etwas geschehen möge. Sie stellte sich vor, die Pizpireta würde zerbersten, in einem Anfall von Wahnsinn ein Kilo Schießpulver essen und explodieren. Sie sagt, es habe keine böse Absicht dahintergesteckt, weil sie nie eine Frau böser Absichten war, nicht einmal, als ihre fünf Kinder, meine Mutter eingeschlossen, und ein Schwiegersohn starben, der mein Vater war, in jener Unglücksnacht, von der sie nie mehr sprechen wollte und von der ich nicht mehr als eine vage Ahnung habe.

Aber was die Pizpireta betrifft: Eine Woche nach dem Zwischenfall mit Diana und der Melonenschale hörte Magdalena die Leute Bemerkungen über die Verrückte machen, bei denen es ihr die Nackenhaare aufstellte. Und eines Tages sagte ihre Mutter, als sie vom Markt zurückkam: »Arme Pizpireta.«

»Warum denn, Mama?«

»Sie ist tot, heißt es.«

»Wirklich? Sie ist tot? Und wer sagt das?

»Auf dem Markt ist es in aller Munde, anscheinend hat man sie irgendwo mit heftigen Bauchkrämpfen gefunden. Als sie mit ihr ins Krankenhaus kamen, war sie schon tot.«

»Und woran ist sie gestorben?«

»Der Blinddarm, heißt es. Der Blinddarm ist explodiert. Die Arme.«

»Ja, wie schrecklich«, murmelte Magdalena abwesend, über das Wort sinnierend, das ihre Mutter verwendet hatte: explodiert.

Sie erinnerte sich an ihren Wunsch, der das gleiche Wort enthalten hatte. Sie zweifelte natürlich. Ein paar Tage lang zweifelte sie, aber nach etlichen inneren Debatten betrachtete sie sich schließlich als verantwortlich dafür. Verantwortlich, nicht schuldig. Schlecht fühlte sie sich deshalb nicht.

Aber eine Tatsache war eine Tatsache.

Sie hatte sich gewünscht, es sollte Taubenkacke regnen und dass das Leben der Pizpireta durch eine Explosion beendet würde, und alles war eingetreten, mochte es ihr zum Ruhm oder zum Unglück gereichen. Magdalena, die alte Frau im Halbdunkel, merkte, dass sie Macht besaß. Sie war mit diesem Wort damals nicht sehr vertraut, vielleicht wurde sie es ihr ganzes Leben lang nicht im richtigen Maße, aber sie begriff, dass etwas Ungewöhnliches an ihr war und Dinge, die sie sich sehr stark wünschte, tatsächlich eintraten. Es machte sie auch ein wenig stolz, aber sie behielt das Geheimnis für sich, da sie annahm, dass so etwas nicht leicht zu glauben war, und sie traute sich nicht, ihrem Vater zu gestehen, was sie damals für eine große Gnade hielt. Ihrer Mutter wollte sie es auch nicht erzählen, weil die sie bestimmt mit in die Kirche zur Beichte genommen hätte, sie vielleicht sogar gezwungen hätte, morgens und abends mit Doña Margarita endlose Rosenkränze zu beten. Sie vertraute sich auch keiner der Bulnes-Schwestern an, schließlich war es nicht besonders passend, sagte sie sich, bei den Freundinnen herumzuposaunen, dass sie einen Exkrementenregen und den Tod einer Verrückten verursacht hatte. Es wäre nicht vernünftig gewesen, und sie hatte sich immer für ein sehr vernünftiges Mädchen gehalten.

Sie beschloss, mit niemandem über das Geschehene zu reden. Und sie beschloss, das Beste aus ihrer seltsamen Gabe zu machen. Sie wünschte sich viele gute Dinge, dass im Garten ihres Vaters Rosen ungekannter Farben blühen sollten und ihre Mutter eine Truhe voller Goldmünzen finden solle, außerdem wünschte sie sich, Albertito Domínguez solle Anita Bulnes einen Blumenstrauß bringen und ihr eine unverhoffte Liebeserklärung machen. Doch die Tage vergingen, und nichts von dem Gewünschten trat ein. Nichts. Bis sie sich mit aller Kraft wünschte, ein Blitz möge in den Mandelbaum des Nachbarn fahren, weil sie es leid war, die herabfallenden Blätter zu kehren. Da erkannte sie, dass nur die bösen Wünsche in Erfüllung gingen, denn mitten im Sommer, ohne jede Ankündigung von Regen am Horizont, schlug aus heiterem Himmel ein Blitz in den Mandelbaum, spaltete ihn entzwei und verwandelte ihn in Asche. Magdalena erkannte auch, dass sie sich nicht schuldig fühlen musste, dass sie nichts dafürkonnte, diese seltsame Gabe zu besitzen, dass es sich im Gegenteil um eine Art Schutz handelte, weil sich besser niemand mit einer Frau anlegte, die über solche Macht verfügte, sich aufs Zaubern verstand. Jetzt taucht der Blick ihrer kalten wässrigen Augen in meinen. Ich kann zaubern, sagt sie, und obwohl ich ihr mit angestrengter Aufmerksamkeit zuhöre, merkt sie, dass ich ihr kein Wort glaube.

3

DAS CANDELARIA-VIERTEL UND DAS Zentrum sind von einem Fluss getrennt, über den sich mehrere Brücken spannen, die beide Stadtteile verbinden. Candelaria ist klein, wie alles in diesem Land, und das einzig Schöne, was es noch birgt, ist die Erinnerung an eine vergangene Zeit. Es wird von einem breiten Boulevard in zwei geteilt, der eine Weile den Acelgüate säumt, denselben, damals noch glasklaren Fluss, auf dem die Kinder von Valparaíso kamen und dem Rosita Bulnes – die Älteste – folgte, als sie an jenem nebligen Oktobermorgen 1950 aufbrach, weil sie es sich in den Kopf gesetzt hatte, das Meer zu sehen.

Magdalena sagt immer, jede Straße des Viertels habe einen anderen Geruch gehabt. Die Kirchenstraße den vergilbten, staubigen, ältlichen Geruch von Weihrauchschwenkern zu beiden Seiten des Altars, die den lieben langen Tag vorgeblich vergeistigte Düfte verdampften, die tatsächlich aber nichts anderes waren als die Essenz von Langeweile.

Die Straße von Doña Margarita roch ranzig, nach Pissoir und Kochtöpfen mit unsäglichem Inhalt, was einen ordinären Gestank ergab, der in alle Häuser kroch und an dem sogar die Kakerlaken, Ameisen, Grillen und anderen Insekten zugrunde gingen. Pestilenzartige Dämpfe, die den Fenstern eines Hauses mit schwarzen Ziegeln entstiegen, in dem eine Frau in Gesellschaft von einem Dutzend fast ausnahmslos schwarzer Katzen lebte. Die Frau hieß Alicia, und ihr Äußeres war so abstoßend wie der Mief ihres Hauses. Ihr Haar fiel in einem formlosen schwarz-weißen Gezottel über ihren leicht gebeugten breiten Rücken. Sie hatte ein hartes viereckiges

Gesicht mit einer breiten platten Nase, buschigen Brauen und winzigen Augen, in denen eine argwöhnische Erwartung lag. Ihre schmalen Lippen überschattete ein schütterer dunkler Frauenbart, der zu den Mundwinkeln hin dichter wurde. Ihre rechte Wange zierte ein maiskorngroßes fleischiges Muttermal, aus dem lange Härchen ragten, die es mit den Schnurrbarthaaren ihrer Katzen aufnehmen konnten.

Sie wurde von allen nur die schwarze Witwe genannt, weil sie stets knöchellange, kurzärmelige schwarze Sackkleider trug, schwarze Strümpfe und schwarze Schnürschuhe. Man sah sie nie die Kirche betreten oder morgens das Haus verlassen. Doch ungeachtet ihres Aussehens war sie eine freundliche, umgängliche und bei den Nachbarn beliebte Frau, die vormittags zahlreichen Besuch bekam, von feinen, elegant gekleideten Herrschaften, Damen in Begleitung ihrer Diener oder jungen Mädchen an der Hand ihrer Verlobten. Sie las aus den Karten. Und es heißt, sie irrte sich nie …

Die Straße der Pension war eigentlich keine Straße, sondern eine Gasse, und sie roch nach Meer. Die Pension war ein großes Haus, in dem einfache Reisende einkehrten, die sich keines der Hotels im Zentrum leisten konnten und für eine Nacht ein Dach über dem Kopf brauchten. Sie hatte nur fünf Zimmer, deren Fenster alle zum Fluss hinausgingen. Wem die Pension gehörte, wusste keiner, versorgt wurde sie von einer tüchtigen Frau, die einmal Köchin in einem der Hotels im Zentrum gewesen war und die besten Krabbencocktails der Stadt zubereitete. In der Pension konnte man nicht nur übernachten, sondern auch zu Mittag essen, und die Spezialitäten waren Meeresfrüchte, gegrillter Fisch und in Olivenöl frittierte fangfrische Flussgarnelen. Kam man an der Pension vorbei, stieg einem dieser Geruch in die Nase, aber Magdalena behauptete, das sei es nicht gewesen, der Fluss sei bis in die Gasse vorgedrungen und habe alles mit diesem unerklärbaren Meeresgeruch erfüllt, der Rosita Bulnes zu Kopf gestiegen war und sie dazu gebracht hatte, Strände zu malen, die sie nie gesehen hatte, wo stattliche Liebhaber, die sie nie gehabt hatte, im glitzernden Mondlicht schliefen, das nur in ihrem verzauberten Jungmädchenkopf existierte.

Magdalenas Straße, in der auch die Bulnes-Schwestern wohnten, roch nach Rosensträuchern, Jasmin und Ölfarbe. Der Geruch nach Ölfarbe kaum aus dem Innenhof des Bulnes-Hauses, wo Rosa Bulnes in einer Laube ihre Staffeleien und Leinwände aufbewahrte und nachmittags im Stil der impressionistischen Meister des neunzehnten Jahrhunderts malte, vor allem im Stil von Renoir, den sie aus Zeitschriften kannte, was Señor Bulnes, dem Vater der Mädchen, immer wieder zu Klagen Anlass gab, es sei eine Verschwendung, sein Geld für Malutensilien auszugeben, mit denen derlei Stümpereien hervorgebracht würden.

Der Jasmin wuchs auf einem verlassenen Nachbargrundstück, und man roch ihn nur nachts, weil sein Duft, wie Magdalena von ihrem Vater wusste, erst im Dunkeln zur Geltung kam.

»Die Blüten waren wie weiße Regentropfen und dufteten unendlich zart, aber man roch sie nur abends, wenn die Rosen in meinem Garten schliefen, denn Rosen riechen besser im Tageslicht, wie mein Papa sagte, im Gegensatz zum Jasmin, der seinen Duft erst nachts verströmt.«

Der Rosenduft kam aus Magdalenas Haus. Das Haus an sich, das es seit so vielen Jahren nicht mehr gibt, dass selbst die

Fotografien davon vergilbt und verblasst sind, wäre nicht viel mehr als eine Kate gewesen, hätten es nicht die Rosensträucher umgeben, die das ganze Jahr über, besonders schön aber im Winter blühten, gehegt und gepflegt von der wundersamen grünen Hand von Don Leocadio de Jesús, Magdalenas Vater, und ihre Kindheit und beinahe gesamte Jugend war von dem Duft weißer und roter Rosen durchdrungen, die in diesem Haus gezogen wurden, weil ihr Vater sie anhielt, sich jeden Morgen das Gesicht mit einem von ihm selbst gemischten Sud aus Rosenblättern und Flusswasser zu waschen, der dem Morgentau ausgesetzt worden war.

»Es dauerte Jahre, bis ich diesen Geruch loswurde«, sagt sie und blickt sich plötzlich um, als habe eine Hand ihre Schulter berührt und sie halte Ausschau nach dem Besitzer dieser Hand, doch ihr Blick verliert sich in der Dunkelheit. Nur vage Umrisse lassen sich im hinteren Teil des Zimmers ausmachen, in dem wir uns befinden: alte Schränke, Spielsachen ihrer Kinder, als sie klein waren, eine Truhe, eine ausgediente Wiege.

»Was ist?«, frage ich, und ihre Hand deutet eine Bewegung an, einen Gruß, der sich im Dunkeln verliert. Sie sieht mich wieder an, lächelnd, als hätte sie soeben jemanden getroffen, der seit Langem verschollen war.

»Ich war schon verheiratet, da roch mein Gesicht noch nach Rosen. Anfangs hat ihn dieser Duft fasziniert, aber dann kaufte er mir Parfums, weil er ihn nicht mehr ertrug. Zum Glück schwand der Duft im Laufe der Monate, denn der Schuft küsste mich kaum noch. Er dachte, ich merke es nicht. Wir haben nie darüber gesprochen, aber ich weiß, dass es daran lag. Sowie der Duft verflogen war, küsste er mich wie zuvor, als wir uns kennenlernten.«

Don Leocadio de Jesús las jeden Abend. Außer Lesen hatte er in der Schule nichts gelernt, er hatte sie auch nur zwei Jahre besucht, ehe er sich ganz der Landwirtschaft widmete, der Baumwolle, dem Kaffee, dem Mais und den Obstplantagen, erst als Erntehelfer, später als Vorarbeiter. Nach zwanzig Jahren auf dem Feld erlernte er das Schreinerhandwerk, dem er sich von da an verschrieb, in dem Glauben vielleicht, es sei die würdigste Arbeit, die er überhaupt verrichten konnte, in Anbetracht seines zweiten Vornamens Jesús, den er voller Stolz, Ehrfurcht und Respekt trug und der ihn auch einmal zweifeln ließ, ob sein Schicksal nicht vielleicht hinter Kirchenmauern oder in der feuchten Dämmrigkeit der Benediktinerabteien zu suchen gewesen wäre, was er jedoch rundweg verwarf, als er Magdalenas Mutter Estebana schwängerte und eroberte, in dieser Reihenfolge.

Leocadio de Jesús las vor allem Romane, dazu ein wenig Geschichte und ein wenig mehr zur Botanik. Vom Schreinern konnte er sich keine Bücher leisten, er musste sie ausleihen, doch das tat er mit Vergnügen, war er auch sonst sein Leben lang zu stolz gewesen, irgendjemanden um einen Gefallen zu bitten. Als noch junger und unerfahrener Schreiner hatte er den Auftrag bekommen, Bücherregale für einen Raum zu zimmern, in dem die Bücher in Stapeln auf dem Boden vermoderten. Sechs Monate lang besuchte Leocadio de Jesús mehrere Male das Haus und schreinerte so viele Regale, dass er die genaue Anzahl vergessen hatte, als er seiner Tochter die Geschichte erzählte, doch er erinnerte sich noch, wie gebannt er gewesen war, als der Herr des Hauses ihn schließlich eines Morgens hereingebeten und ihm die herrlichen hohen Regale aus hartem duftendem Mahagoniholz gezeigt hatte, die er selbst im Innenhof angefertigt hatte und in denen jetzt zahllose Bücher mit fremdartigen Titeln standen, die faszinierende Geschichten bargen. Da fasste sich Leocadio ein Herz und bat, ein Buch lesen zu dürfen, ein kleines, vielleicht etwas Geschichtliches, worauf der Besitzer von Haus und Bibliothek mit gerunzelter Stirn diesen Schreiner musterte, der für ihn arbeitete, und ihm dann lächelnd die Abenteuer eines gewissen Don Quijote zu lesen gab, ein dickes und langes Buch, das sich aber als so erbaulich und unterhaltsam erwies, dass der Schreiner es einen Monat lang jeden Abend las, erst langsam und zögerlich die Wörter erinnernd, doch mit jedem Tag ein wenig schneller, beharrlicher, bis die Buchstaben ihn ganz in diese fantastische Welt des Ritters der traurigen Gestalt mit seinem furchtlosen Knappen, seiner Rosinante und seiner Dulcinea zogen. Von da an verbrachte Don Leocadio für den Rest seines Lebens fast jeden Abend mit einem Buch. Im trüben Licht der Petroleumlampe schloss er Freundschaft mit Dumas, Melville und Darío, las die Geschichte der Wikinger und der Römer und lernte, die schönsten Rosen seiner Straße und des ganzen Viertels zu züchten, Letzteres aus einem zerfledderten Handbuch zur Blumenzucht eines gewissen Ramón Escudero y Polilla, erschienen im Verlag El Pelícano im Jahr 1902, vierzehnte verbesserte und erweiterte Auflage.

Als Don Leocadios Augen ermüdeten und nur noch verschwommen sahen, gezeichnet von den zahllosen Nächten, die sie über die Seiten seiner geliebten Bücher gewandert waren, über Buchstaben, die nun zu klein, wirr und unentzifferbar wurden, las seine Tochter Magdalena ihm vor, trug mit der langsamen Intonation eines Sommerflusses Worte, Sätze,

Kapitel, Reime und Geschichten vor, die ihren Vater fesselten wie eh und je und von denen auch sie selbst sich gefesselt sah.

4

TROTZ IHRER ERWIESENEN ÜBERNATÜRLICHEN Fähigkeiten widmete Magdalena sich dem Studium. Mit sechzehn Jahren trat sie ins Lehrerinnenseminar ein. Obwohl sie ein Jahr jünger war als Ana Bulnes, hatten sie an der Schule dieselben Kurse besucht, ihren Abschluss im selben Jahr gemacht, wie Zwillinge gemeinsam das Lehrerinnenseminar begonnen, um natürlich dasselbe zu studieren. Während dieser Zeit wurden sie unzertrennlich. Ana war ein fröhliches, naives, leicht zu entflammendes Mädchen. Sie hatte sehr schönes kupferfarbenes Haar, glatt und kurz, was ihrem runden Gesicht voller winziger Sommersprossen einen kindlichen Anschein verlieh. Neue Bekanntschaften pflegten zu fragen, aus welchem Land sie komme, und wenn sie guter Laune war, antwortete sie manchmal England oder Schottland oder von den Balearen, obwohl sie nicht den leisesten Schimmer hatte, wo diese Inseln lagen. Einmal sollte Ana Bulnes sich hoffnungslos in einen gewissen Alberto Domínguez verlieben, und ein andermal war der Auserkorene ein junger Mann mit dem Nachnamen Quinteros, dessen Liebe sie durch schwarze Magie zu gewinnen suchte.

Während einer Geschichtsstunde kam ein Lehrer auf die Inquisition und die in diesem Zusammenhang verbrannten Hexen zu sprechen. Was als ganz normaler Unterricht begonnen hatte, wurde zu einer Debatte, in der Schülerinnen und Lehrer sich gegenseitig die makabren Geschichten erzählten, von denen sie selbst gehört hatten. Dabei erwähnte eine einen Verwandten, der eigenen Aussagen nach verhext worden sei und als gut aussehender junger Mann Anfang zwanzig ein zahnloses sechzigjähriges Weib mit blutunterlaufenen Augen und nach Tabak stinkendem Atem geheiratet habe; seitdem seien viele Jahre vergangen, inzwischen sei die Hexe tot, aber der junge Mann wolle nicht wieder heiraten, weil seine Frau ihn jede Mittwochnacht besuche, wie er sage. Meine Großmutter meinte, diese Geschichte habe Ana Bulnes, die zu dieser Zeit bis über beide Ohren in den jungen Quinteros verliebt war, auf gewisse Ideen gebracht.

»Magdalena«, sagte sie wenig später, »kannst du mich Sonntagvormittag begleiten? Ich möchte dort ungern allein hingehen.«

»Wohin willst du nicht allein hingehen?«

»Frag nicht, komm einfach mit.«

»Und wie willst du es anstellen, nicht mit in die Kirche zu müssen?«

»Ich werde sagen, ich habe Bauchschmerzen, ich werde mich im Bett krümmen, in solchen Fällen kommt mein Vater gar nicht in die Nähe. Ich muss dorthin, und es geht nur am Sonntag.«

Magdalena und Ana waren versiert darin, füreinander als Kupplerinnen zu fungieren. Wenn Magdalena langsamer an den Cafés im Zentrum vorbeigehen wollte, ging Ana Bulnes langsamer, lieh ihr ihren Hut und ertrug stoisch die Komplimente, die meiner Großmutter nachgerufen wurden, und die bedauerliche Tatsache, dass trotz der kindlichen Grazie ihres Gesichts keines ihr galt. Und wenn Magda nicht, wie für junge Mädchen üblich, zur Matinee ins Kino Libertad gehen, sondern den neuesten mexikanischen Film in der Abendvorstellung sehen wollte, nicht aus einer besonderen Kinoleidenschaft, sondern um in letzter Minute den Saal zu betreten und zwischen den Stuhlreihen voller Männer mit dreisten Blicken und dümmlichem Lächeln hindurchzuschlüpfen, denen verblüffend poetische Worte über die Lippen schlüpften, war es Ana Bulnes, die sie begleitete, an ihrer Seite ging, weniger eingehakt, als sich an sie klammernd, so nervös, dass ihr die Worte im Hals stecken blieben und sie zu stottern anfing, weshalb sie lieber gar nichts sagte, nur nickte oder den Kopf schüttelte, wenn Magda fragte, ob sie sich lieber hierhin oder dorthin setzen wolle; saßen sie einmal, konnte sie sich dafür in der Illusion wiegen, die bewundernden Blicke und das Gemurmel der Männer hinter ihnen galten ihr, ihrem sommersprossig kindlichen Gesicht, und nicht Magdalenas eleganter Schönheit. Solche Prüfungen musste Ana Bulnes durchstehen. Dafür konnte sie auf die uneingeschränkte Unterstützung meiner Großmutter bei all ihren Verrücktheiten zählen. Wollte sie eine Wanderung zum Vulkan unternehmen, um zu sehen, ob es stimmte, dass es dort Höhlen voller Schätze gab, wie es hieß, waren Magda und Ana den ganzen Tag unterwegs und kamen abends todmüde, halb verdurstet und mit Blasen an den Füßen zurück. Wollte Ana in die Frühmesse um fünf gehen, weil sie sich in der kühlen Dunkelheit der leeren Straßen vergeistigter fühlte, war Magdalena mit von der Partie, verschlafen und fröstelnd in ihr altes Wolltuch gehüllt und so ungeniert gähnend, dass es mit ihrer Eleganz nicht mehr weit her war. Wollte Ana einen Brief an Albertito Domínguez schicken, war es Magdalena, die Stift und Papier zur Hand nahm, das Schreiben verfasste und dem jungen Mann persönlich überbrachte, was schließlich zur Folge hatte, dass der glückliche Empfänger sich hoffnungslos in die Botin verliebte. Ein Anliegen, das Magdalena entschieden ablehnte, Loyalität zu ihrer Freundin vorschützend, tatsächlich jedoch eher aus Unlust, denn der Knabe sei doch noch ziemlich grün hinter den Ohren gewesen, wie Magdalena sechs Jahrzehnte später ihrem Enkel anvertrauen sollte, der reglos auf einem verschlissenen Sessel sitzenden Gestalt im Halbdunkel des hintersten Zimmers eines Hauses, in dem alles einer anderen Zeit anzugehören scheint, sie beide eingeschlossen.

Die Geradlinigkeit, die Ana an dem Jungen gefiel, sein mit Pomade geglättetes, gescheiteltes Haar, der harzige Geruch seines Gesichtswassers, seine fast femininen Hände, sein frischer Atem, sein Jurastudium, sein makelloser dunkelblauer Anzug, seine gewichsten Lederschuhe und sein vorhersehbares künftiges Leben mit Kindern, strategisch verteilten Blumenvasen und Sonntagen im Kino oder im Park, diese ganze schlichte Alltäglichkeit, die Albertito Domínguez erahnen ließ, war eben das, was Magdalena zutiefst langweilte. Aber sie konnte sich den Luxus erlauben, junge Männer abzuweisen, bedingungslose Loyalität zu einer Freundin vorzuschützen und Liebesbriefe im Küchenofen zu verbrennen, auf dem die Bohnen fürs Abendessen kochten, denn ungeachtet ihrer Herkunft als Tochter einer Kaffeelieferantin für die Kaserne und eines hochgebildeten Schreiners, aus einem Zuhause, das man dank der Rosenstöcke zwar fast schön nennen konnte, das davon abgesehen aber eine hölzerne Bruchbude war, hatte sie an jedem Finger zehn Verehrer, so eine Augenweide war sie, so strahlend vornehm und wunderschön war sie anzusehen, was auf kein edles Blut und kein familiäres Erbe zurückzuführen war, sondern allein auf die Gnade und Güte Gottes. Es dauerte nicht lange, bis Ana Bulnes erkannte, dass ihr Schwarm sich in ihre Freundin Magdalena verguckt hatte. Das musste ihr niemand sagen, sie begegnete Alberto Domínguez plötzlich häufiger im Viertel, bemerkte seine Blicke, überraschte ihn, wie er im Mondschein den Fluss betrachtete und, so war ihr, eine unsichtbare Margerite abzählte. Und sie sah ihre Freundin, die ihn nicht beachtete, wenn sie an ihm vorbeiging, mit geradem Rücken ihre Schritte beschleunigte. Bald begriff sie, was vor sich ging, und es versetzte ihr einen Stich ins Herz, eine schreckliche Traurigkeit ergriff Besitz von ihr, ermüdend, feucht und zäh. Wegen dieser Erinnerung wollte sie verhindern, dass es ihrem jungen Quinteros so ergehe wie besagtem Albertito, und als deshalb der Lehrer und die Schülerinnen in jener Geschichtsstunde die Hexen und ihre Macht heraufbeschworen, durch Zaubereien Männer zu erobern, kratzte sie ein paar Pesos zusammen und ging eines Sonntagvormittags zu Doña Alicia, der schwarzen Witwe, während ihre Eltern und das gesamte Viertel, also alle neugierigen Blicke, beim Gottesdienst waren, dem sie unter dem Vorwand unerträglicher Monatsschmerzen fernblieb.

Im Haus von Doña Alicia herrschte ein betäubender Geruch, aber daran war kein Kessel mit Zaubertrank schuld, sondern etliche Stäbchen, deren Rauch manchen Menschen, wie meiner Großmutter, zuwider war, und die andere, wie Ana Bulnes, angenehm entspannend fanden. Entgegen aller Erwartung war das Haus weder sonderbar noch düster oder schmutzig. Erlesene Möbel fanden sich darin, Lehnstühle mit weinroten Samtbezügen, Kristalllüster, Mahagonitischchen mit zarten chinesischen Vasen, die Landschaften mit Bambusschilf und Frauen mit goldenen Kimonos zierten. Ein weicher dicker Teppich bedeckte den gesamten Wohnzimmerboden bis zum Türrahmen, wo ein anderer, ebenso prächtiger Teppich anschloss.

»Das sind Perserteppiche«, sagte Doña Alicia zu Magdalena, als diese ihre Bewunderung zum Ausdruck brachte.

»Wie schön sie sind.«

»Ja, schön sind sie, aber es war auch ein ganz schöner Aufwand, sie hierher zu bringen. Ich habe sie selbst von einer meiner Reisen mitgebracht, eine wahre Unternehmung. Es waren sieben Teppiche, mit äußerster Sorgfalt gefaltet, ich musste einen Aufpreis bezahlen, damit sie mit besonderer Vorsicht transportiert wurden. Sie sind sehr fein gewebt, müsst ihr wissen.«

Da Eile geboten war – der Gottesdienst dauerte eine gute Stunde –, hielt Doña Alicia sie nicht länger mit Geschichten von Perserteppichen auf und führte sie in einen weiß gestrichenen Seitenraum, in dem ein runder Tisch und vier Stühle standen. Sie setzten sich, und Anita Bulnes legte rasch und ungeniert ihre Idee dar, den jungen Quinteros mit einem Zauber zu belegen.

»Glauben Sie, das wäre möglich?«

»Möglich schon, es ist fast alles möglich in diesem Leben. Wenn du wüsstest, was ich schon für Aufträge hatte, mein Herz. Ich bin eine unübertroffene Kupplerin, du kannst dir nicht vorstellen, wie viele Paare ich schon zusammengebracht habe.«

Anas Mundwinkel umspielte ein unterdrücktes Lächeln, und ihre Augen glänzten.

»Es kann allerdings Folgen haben.«

»Folgen? Was für Folgen?«, fragte Ana.

»Folgen eben, Kindchen. So ist das, man tut etwas und bezahlt dafür, und meine Aufgabe ist es, aufzuklären, damit nachher niemand sagen kann, man hätte ihn nicht gewarnt.«

»Aber was für Folgen wären das denn?«, hakte Ana nach.

»Das kann ich dir nicht sagen, jeder ist anders, und die Wirkung ist gegenseitig, aber genau lässt es sich nicht vorhersehen. Verstehst du?«

Ana nickte. Magda warf ihr stumme Blicke zu, sie sollten das Weite suchen, doch Anita Bulnes sagte sich, dass sie ihren Mut zusammennehmen musste, damit ihr das Glück nicht durch die Lappen ging.

»Tun Sie, was Sie zu tun haben«, sagte Ana Bulnes zu Doña Alicia, die ihr vielleicht gern geraten hätte, die Finger von diesen Dingen zu lassen, sich stattdessen aber schweigend ihren seltsamen Ritualen widmete, etwas parfümiertes Öl auf Anas Kopf verrieb, ein paar Sprüche aus einem schwarzen Büchlein vorlas und eine halbe Stunde später von der einfältigen Verliebten einen Zehn-Colones-Schein erhielt, während sie ihr versicherte, binnen sieben Tagen werde dieser junge Quinteros vor ihrer Tür stehen, worauf Ana bestürzt ausrief: »Um Himmels willen, nein, bloß nicht vor meiner Tür, dass ihm das nicht einfällt, mein Vater würde ihn mit dem Besen verjagen.«

Es war noch keine Woche vergangen, als Ana die Veränderung zu spüren begann. Doch mit dieser Art von Veränderung hatte sie am wenigsten gerechnet: Offenbar nahm der von dem jungen Quinteros verursachte Sturm ab. Binnen weniger Tage hatte sich der Zyklon in einen lauen Sommerregen verwandelt. Ana war verunsichert. Magdalena auch.

»Was ist passiert?«

»Nichts … na ja doch. Ernesto war gestern hier.«

Ernesto Quinteros hatte ihr ein mit sorgfältiger Handschrift verfasstes Gedicht gebracht, ein paar gequälte Zeilen, die versuchten, Anas Schönheit mit unsinnigen Metaphern von Äpfeln und Schmetterlingen zu beschreiben. Rosa öffnete dem jungen Mann, der einen Anzug trug, sich das Haar mit Vaseline geglättet hatte, frisch rasiert war und nach Eau de Cologne duftete. Er fragte nach dem Fräulein Ana, und Rosa hieß ihn zu warten, mit Vergnügen, sagte der junge Mann, worauf Rosa ihre Schwester holen ging, die vom Wohnzimmerfenster aus alles beobachtet hatte, dabei aber nicht, wie Rosa vermutete, von einem Anfall fiebriger Leidenschaft überkommen wurde, sondern von einer fulminanten Übelkeit.

»Sag ihm, ich bin krank«, trug Ana ihrer Schwester auf.

»Was, ich soll ihm sagen, du bist krank? Was ist denn mit dir los, ist das nicht der Kerl, der dir so gefällt, na dann nutze die Gelegenheit, dass unser Vater nicht da ist, und rede mit ihm.«

»Ich habe keine Lust.«

»Keine Lust? Hast du nicht die ganze Zeit auf diesen Moment gewartet, du Eselskopf?«

»Schon. Aber jetzt nicht mehr.«

Rosa machte kehrt und bestellte dem jungen Quinteros, ihre Schwester fühle sich nicht wohl. Der junge Mann überreichte Rosa einen Strauß weißer Blumen und das Blatt mit dem Gedicht und ging wieder.

»Was soll das heißen, du empfindest nichts mehr?«, fragte Magdalena Ana, als sie sich wenig später sahen.

»Ich weiß nicht, was mit mir passiert ist, Magda, keine Ahnung, ich glaube, die schwarze Witwe hat es nicht richtig angestellt. Sie hat mich innerlich ausgedörrt. Schau nur, da steht dieser Mensch endlich vor meinem Haus, und er kommt mir so unbedeutend und unansehnlich vor, dass mir jede Lust vergeht, ihn auch nur zu begrüßen.«

»Besonders schön ist er nicht gerade«, pflichtete Magdalena ihr bei.

»Aber das ist es nicht. Ich erinnere mich ja noch, wie ich ihn vorher sah, sogar geträumt habe ich von ihm, und jetzt ist das alles wie weggeblasen.«

»Doña Alicia hat doch gesagt, dass man bei diesen Dingen nie wissen kann und sie manchmal eine andere Wirkung haben als geplant.«

»Ich habe nur Angst, dass noch etwas anderes passiert«, sagte Ana und bekreuzigte sich.

»Jetzt fällt es dir ein, dich zu bekreuzigen?«

»Sei nicht so, ich habe wirklich Angst, dass mir etwas Schlimmes passiert, du hast ja gehört, was die schwarze Witwe gesagt hat. Am liebsten würde ich noch einmal zu ihr gehen.«

»Das nun wirklich nicht, zu Doña Alicia kriegst du mich nicht mehr, der ist nicht zu trauen. Lass es lieber dabei bewenden, und Gott soll uns beistehen. Außerdem glaube ich, dass dir ohnehin schon passiert ist, was dir passieren sollte.«

Tatsächlich passierte nicht sehr viel. Der junge Quinteros kam über einen Monat lang fast jeden Nachmittag zum Haus der Bulnes, mit Rosen und Gedichten, die mit gestochener

Handschrift auf farbiges Seidenpapier geschrieben waren. Einmal kam er nach Mitternacht in Begleitung eines Mariachi und sang ziemlich falsch mehrere Boleros, für die er einzig eine Litanei von Schimpfwörtern erntete, mit denen ihn empört der aus dem Schlaf gerissene Señor Bulnes bedachte, dem bis dahin entgangen war, dass eine seiner Töchter einen Verehrer hatte. Der junge Quinteros selbst übernahm es vom gegenüberliegenden Gehsteig aus, Vater Bulnes in Kenntnis zu setzen. Er nutzte die Gelegenheit sogar, um ihm aufzutragen, er solle seiner Tochter Ana doch bitte mitteilen, dass er sie liebe und zutiefst betrübt darüber sei, seine Gefühle nicht erwidert zu sehen. Zum Glück hatte er das noch angefügt, denn hätte Don Luis erfahren, dass seine Tochter hinter seinem Rücken irgendwelche Gefühle erwiderte, hätte das Ganze eine dramatische Wendung genommen. So blieb es bei diesem kleinen Zwischenfall, und der junge Quinteros kam immer seltener zum Haus der Bulnes, bis er schließlich ganz wegblieb. Anita Bulnes hatte schon nicht mehr gewusst, was sie tun sollte: Ging sie zur Bäckerei, um Brot zu kaufen, wartete dort der junge Quinteros auf sie, besuchte sie die Abendmesse, stieß sie dort auf den jungen Quinteros, und egal, ob sie sich mit ihren Schwestern oder Magdalena ins Kino oder in den Park begab, Quinteros folgte ihnen auf Schritt und Tritt. Einmal engagierte der naive Anwärter sogar einen Arzt und führte ihn zum Haus der Bulnes, damit er die arme Ana untersuchen und herausfinden solle, von welchem Unwohlsein sie jeden Nachmittag gegen vier Uhr so geplagt wurde, dass es ihr unmöglich war, ihn zu empfangen. Man ließ weder ihn noch den Arzt herein, doch am selben Tag stand er einige Stunden später mit dem Mariachi vor dem Haus, und es kam, wie es kam. Danach verspürte Ana eine ganze Zeit lang noch weniger Lust, den jungen Mann je wiederzusehen. Sie fing an, eifrig den Gottesdienst zu besuchen, zwei- oder sogar dreimal täglich, um sich von diesem Unbill reinzuwaschen, wie sie sagte, und einmal war sie sogar so mutig, um vier Uhr nachmittags in die Candelaria-Kirche zu gehen und den Rosenkranz mit Doña Margarita und den Anbeterinnen des Heiligen Sakraments zu beten. Meine Großmutter sagt, mit der Zeit sei die Sache langsam in Vergessenheit geraten, bis einige Monate später ein tatsächlich dramatisches Ereignis sie ganz aus der kollektiven Erinnerung löschte.

5

IM WINTER '49 ERWÄHNTE Rosa Bulnes zum ersten Mal ihre Idee, von zu Hause fortzugehen, den Acelgüate flussabwärts bis zum Meer zu fahren.

»Ihr wisst ja«, sagte sie, »irgendwann kommt immer ein Unwetter, das den Fluss anwachsen lässt, man muss es nur ausnutzen.«

Das war im Morgengrauen eines kalten Tages, und die drei waren auf dem Weg in die Kirche: Ana, Rosa und Magdalena. Auf dem Rückweg von der Messe erwähnte Rosa Bulnes wieder ihre Absicht, von zu Hause wegzugehen, sie sei es leid, wie ihr Vater sie behandle. Weiter sprachen sie nicht darüber. Weder Magda noch Ana hielten es für möglich, dass sie ihren Plan umsetzen könnte, und erst recht nicht so, mit einem Floß auf diesem Fluss, von dem sie nicht einmal wussten, ob er überhaupt ins Meer mündete. Monate später, an einem Dezemberabend desselben Jahres, besuchte Rosa Bulnes Magdalena, und beide setzten sich in den Garten. Die Rosen schliefen schon, und Rosa zeichnete mit Bleistift den wilden weißen Jasmin vom Grundstück gegenüber in ein Notizbuch. Er verströmte einen betörenden Duft.

»Ich gehe«, sagte Rosa unvermittelt. »Es ist beschlossene Sache.«

»Wann?«, fragte Magdalena.

»Im Winter. So, wie ich es euch gesagt habe.«

»Den Fluss hinab?«

»Ja.«

»Aber um Himmels willen, Rosa, wir wissen doch gar nicht, wohin dieser Fluss fließt, außerdem ist es gefährlich, die Strömung kann dich mitreißen, du kannst ertrinken oder in Honduras oder weiß Gott welchem Dschungel landen.«

»Oder ich komme bis zum Meer. Alles hängt davon ab, wie fest man an die Dinge glaubt.«

»Ich glaube, du bist verrückt. Es ist mir unbegreiflich, wie du auf so etwas kommst. Wo willst du denn überhaupt ein Floß hernehmen?«

»Das Floß habe ich schon bei einem Schreiner in Auftrag gegeben.«

»Dann ist es dir also wirklich ernst?«

»Ich ertrage meinen Vater nicht länger«, sagte Rosa, und in ihrer Stimme lag eine so tiefe Abscheu, dass Magda begriff, was vor sich ging, und an Respekt für Señor Bulnes verlor.

Señor Bulnes zog sich zum Abendessen um, trank ein Gläschen Cognac vor dem Schlafengehen, kniete am Fußende des Bettes nieder und las laut eine Bibelpassage auf Lateinisch, zog selbst im Sommer eine Schlafmütze auf. Das alles gehörte für ihn zum guten Ton. Außerdem hatte er in seiner Familie den Vier-Uhr-Tee eingeführt. An den Sonntagabenden erzählte er seinen Töchtern Geschichten von berühmten Schlachten oder las ihnen aus der Ilias, der Odyssee oder der Göttlichen Komödie vor. Etwas leiser las er manchmal Passagen aus Büchern vor, die sich mit Esoterik und Magie beschäftigten, um seinen Töchtern und seiner Frau andere Wirklichkeiten näherzubringen, wie er sagte. Einmal vertraute er ihnen sogar an, er habe die Vermutung, in ferner Vergangenheit schon einmal gelebt zu haben. Rosa versicherte, ihr Vater habe erzählt, wie er zur Zeit der Pharaonen durch die ägyptische Wüste gewandert sei.

Magdalena sah ihn oft vom Garten aus, durch die offene Tür seines Arbeitszimmers, wie er, das Monokel im linken Auge, über den Schreibtisch gebeugt Papiere durchsah oder in einem Buch las. Er lächelte selten, sprach wenig und zeigte sich auch seinen Töchtern gegenüber nie besonders überschwänglich; er umarmte sie nicht in der Öffentlichkeit, siezte sie, und wenn er sie rief, verwendete er jeweils beide Vornamen: Rosa Isabel, kommen Sie bitte, Ana Berenice, begleiten Sie bitte Ihre Freundin Magdalena zur Tür; Diana María, bringen Sie mir bitte die Zeitung aus meinem Zimmer. Er gehörte einer jener philosophischen Vereinigungen an, die Logen genannt wurde. Zu den Versammlungen der Loge ging er in dunklem Anzug und Schuhen, die er persönlich blank poliert hatte, bis sie wie schwarzes Gold glänzten. Er betupfte sich mit einem diskreten Duftwasser, das nach Wald riechen sollte, aber niemanden auch nur an eine mickrige Tanne erinnerte. Vor Verlassen des Hauses trank er eine Tasse Pfefferminztee gegen den schlechten Atem. Um halb sechs machte er sich auf den Weg, seine bedächtigen Schritte zählend, in der einen Hand einen schwarzen Stock mit einem silbernen Löwenkopf als Knauf, in der anderen ein Buch, nie dasselbe. Im Winter ersetzte er den Spazierstock durch einen Regenschirm, und nur bei strömendem Regen fuhr er in seinem Wagen, einem schwarzen Ford mit Ledersitzen, in dem zu fahren es Magdalena nie vergönnt gewesen war; dafür setzten Ana und sie sich manchmal in der Garage hinein, wenn sie über Jungs reden wollten und niemand sie hören sollte. Magda fand die Autositze so bequem, dass sie immer hoffte, Herr Bulnes würde einmal eine Reise in ein fernes Gebirge unternehmen und sie dazu einzuladen. Sie stellte sich vor, wie der Fahrtwind ihr ins Gesicht blies, während eine Landschaft aus Tannen und blauen Bergen an ihr vorbeizog. Doch Señor Bulnes kam nicht auf den Gedanken, eine solch große Reise zu unternehmen, und zu kleineren Ausflügen, die die Familie durchaus machte, wurde Magda nicht eingeladen. Die Bulnes luden sie vielleicht einmal zum Abendessen ein, nie jedoch zum Tee, der nach Herrn Bulnes' Ansicht dem engsten Familienkreis vorbehalten war.

Eben diese Zusammenfindungen im engsten Familienkreis waren es, die Rosa zu dem Entschluss brachten, von zu Hause fortzugehen, solch eine harte Geduldsprobe bedeutete es für sie, bei diesen Gelegenheiten von ihrem Vater unter dem Vorwand guter Ratschläge unentwegt gerügt zu werden. Er kritisierte den Malstil seiner Tochter, klagte, es sei eine Verschwendung, Material für derlei Karikaturen zu kaufen, dass seine Tochter nichts Besseres zu tun habe, als in Zeitschriften mit Reproduktionen impressionistischer Pinseleien zu blättern, statt Bücher über klassische Maler wie da Vinci, Rafael,

Tintoretto, Canaletto und Rembrandt zu studieren, die Señor Bulnes als Maßstab galten, während diese sogenannten Künstler aus Frankreich, ein Herr Renoir, van Gogh, Degas oder Manet in seinen Augen nichts als degenerierte Bohemiens waren.

Doch nicht nur das war Señor Bulnes ein Dorn im Auge. Dianas Lachen fand er zu schrill, Anas Kleider endeten einen Finger zu weit über dem Knie, statt eine Handbreit darunter, die Musik im Radio war aus den Vereinigten Staaten importierter Krach, die Leute hielt er im Allgemeinen für schlecht erzogen, die Verkäuferinnen auf dem Markt waren vulgär, den Priestern fehlte es an theologischen Kenntnissen, er störte sich am Regen, an der Hitze, am Tee. Señor Bulnes war generell nie etwas recht, und seine älteste Tochter Rosa ertrug es nicht mehr. Trotzdem sagte sie nichts, sie öffnete den Mund nur, um einen Schluck Tee zu trinken oder in ein Stück Kuchen zu beißen, wie sie und ihre Schwestern es sich bei der Mutter abgeschaut hatten, denn keine hatte den Verstand ihres Vaters, das hatte er ihnen von klein auf eingebläut, weshalb sie mit stummem Respekt anhören mussten, was auch immer er von sich gab.

Es war im Mai oder Juni 1950, als Ana Bulnes Magdalena eines Tages bat, sie zu einem Schreiner in San Jacinto zu begleiten. Rosa wartete dort schon auf sie. Sie stand neben einem etwa vier Meter langen Floß aus frisch lackiert riechenden Holzplanken. In der Mitte des Floßes befand sich eine Art Puppenhaus mit einem spitzen Dach, das zu beiden Seiten bis zum Rand hinabreichte. Außerdem lagen zwei Ruder auf dem Floß. Es war auf eine schlittenähnliche Konstruktion montiert, bereit zum Abtransport. Magda lachte bei dem

Anblick auf, aber das war nur ein Ausdruck ihrer Nervosität. Es war ihr unbegreiflich, wie ein wohlerzogenes Mädchen wie Rosa Bulnes sich so etwas in den Kopf setzen konnte.

»Wir bringen es besser im Morgengrauen zum Fluss«, sagte Ana, »denn wenn du glaubst, wir würden jetzt ungesehen durchkommen und es würde nicht sofort jemand brühwarm unserem Vater davon erzählen, bist du noch verrückter, als ich dachte.«

»Wir bringen es besser überhaupt nicht hin«, sagte Magda. »Ich glaube es einfach nicht.«

»Freunde dich mit dem Gedanken besser an, denn ich gehe nach Europa«, sagte Rosa.

»Aber warum denn nicht im Flugzeug oder Zug oder sonst wie, warum so?«

»Weil ich es mir zum einen natürlich weder leisten kann, in einem Flugzeug oder in einem Luftschiff oder wie auch immer zu fliegen, und weil es außerdem so viel aufregender ist. Abgesehen davon ist es an der Zeit, dass ich meine Flügel ausstrecke, zur Möwe werde und das Weite suche.«

»Zur Möwe werde«, wiederholte Magdalena abschätzig. »Dein Vater hat recht, dieses Bohemien-Getue hat auf dich abgefärbt.«

»Unsinn, zum Teufel mit der Boheme, das hat damit nichts zu tun, das hat etwas mit dem Leben zu tun.«

Am nächsten Morgen um fünf gingen sie nicht zur Frühmesse, sondern in die zur Werft umfunktionierte Schreinerei, um das Floß abzuholen. Sie trugen es durch die um diese Uhrzeit verlassenen Straßen, versteckten es unter einer der Brücken, die das Candelaria-Viertel mit dem Zentrum verbinden, und kaschierten es mit Zweigen. Ein paar Wochen lang erwähnten sie das Ganze mit keiner Silbe, bis Rosa eines Tages Magda bat, sie zu ihren Großeltern mitzunehmen. Rosa wusste, dass Magdalenas Großvater irgendwo in Spanien geboren worden war, und wollte ihn bitten, ihr von diesem Land zu erzählen.

»Aber mein Großvater erinnert sich an rein gar nichts«, sagte Magda, »der kann nur Gruselgeschichten erzählen.« Rosa wollte ihn trotzdem sehen.

Zu dieser Zeit besuchte Magdalena ihre Großeltern häufig, vor allem nachmittags an Winterwochenenden, wenn der Regen auf das Haus prasselte, man innen gemütlich am Feuer des Lehmofens saß und die alten Leute Geschichten erzählten. Dieselben Geschichten erzählten sie auch Ana und Rosa, als Magdalena die beiden mitbrachte, doch der Alte Kontinent wurde mit keiner Silbe erwähnt, denn wie Magda schon gesagt hatte, war ihr Großvater als kleines Kind in die Neue Welt gekommen und kannte seine ursprüngliche Heimat nicht einmal von Fotos in Zeitschriften.

Als sie sich später wieder im Garten der Bulnes befanden, mit dem Blick auf Don Luis' Umrisse hinter dem geschlossenen Fenster seines Arbeitszimmers, teilte Rosa ihnen mit, dass alles bereit sei und sie aufbrechen wolle, sobald der Fluss anstiege.

»Ich gehe«, wisperte sie. »Mit dem nächsten Hochwasser bin ich weg.«

Ana versuchte erst gar nicht, ihre Schwester davon abzubringen. Magdalena wusste, dass Ana Rosas Entschluss befürwortete, mehr noch, dass sie ihn gern selbst getroffen hätte, sich aber nicht traute, weil sie nicht den Mumm hatte, einfach so in die Welt hinauszugehen, nicht einmal in Begleitung ihrer großen Schwester, weil ihre Schwester weder das schöne Haus ihres Vaters noch das Prestige ihres Vaters noch das Wissen ihres Vaters besaß. Ana, die damals ein einsames junges Mädchen war, das gerade das Lehrerinnenseminar absolviert hatte und auf schwarze Magie zurückgreifen musste, damit die jungen Männer sich in sie verliebten, hatte nicht das weite Herz ihrer Schwester Rosa, und brannte sie auch vor Sehnsucht, flügge zu werden, ihre Schwester zu bitten, sie mitzunehmen, stand sie doch mit beiden Beinen fest auf dem Boden, und so richteten sich alle ihre Träume und Wünsche darauf, dass die Unternehmung ihrer Schwester von Erfolg gekrönt sein und sie eines Tages zurückkehren möge, um sie aus diesem Haus zu holen, das auch Ana als zu absurd und steif empfand, um es als Zuhause zu betrachten, trotz des gewissen Wohlstands, dessen man sich dort erfreute. Deshalb sagte sie nichts, weder an diesem Tag noch ein paar Tage später, als ihre Schwester Rosa Bulnes um vier Uhr morgens aufstand, sich vergewisserte, dass es weiter regnete, und ihre Sachen packte, einen Koffer mit Kleidern, ihre Staffelei und ein Kästchen mit ihren bescheidenen Ersparnissen, dann ein dunkelgrünes Kleid anzog, das bis weit unter die Knie reichte, wie es Señor Bulnes gefallen hätte, ihr Haar aufsteckte, etwas Lippenstift auftrug, eine Wolljacke überzog, die sie im vorangegangenen Winter unter dem sanften Blick ihrer Mutter selbst gestrickt hatte, in Strümpfe und flache schwarze Schuhe schlüpfte, neben ihrem Bett kniend ein Gebet murmelte, ehe sie alles an sich nahm und ihrem selbstgewählten Schicksal entgegenging. Es war ein regnerischer Tag im Oktober 1950, fast ein Jahr, nachdem sie zum ersten Mal von ihrer Idee gesprochen hatte, den Fluss hinabzufahren.

6

MAGDALENA WACHTE KURZ NACH Mitternacht auf. Sie nahm sofort den kalten Geruch des Regens wahr und einen zarten Duft nach feuchtem Jasmin. Da hatte sie plötzlich das unerklärliche Gefühl, dass am Morgen etwas Außergewöhnliches geschehen würde. Sie konnte den Rest der Nacht nicht mehr einschlafen. Ein Traum kam ihr in den Sinn, den sie ein paar Jahre zuvor gehabt hatte, von einer Menschenmenge an einem Fluss. Wie ihre wenigen anderen Träume hatte sie auch diesen nicht vergessen, da sie überzeugt war, dass ihre Träume Prophezeiungen waren. Sie dachte an Rosa Bulnes und konnte kein Auge mehr zutun. Um fünf Uhr morgens stand sie auf, zog sich an und begab sich zum Haus ihrer Freundinnen. Es hatte die ganze Nacht geregnet.

Sie traf Ana und Diana auf der Straße vor dem Haus.

»Himmel, Magdalena«, rief Ana bei ihrem Anblick aus.

»Und Rosa?«, fragte Magda.

»Sie ist vor einer Weile gegangen, ich habe es erst bemerkt, als sie schon weg war.«

»Hat sie sich nicht verabschiedet?«

»Vielleicht dachte sie, wir würden sie nicht gehen lassen, wenn sie etwas sagt.«

Die drei jungen Mädchen hasteten zu dem Ort, wo das Floß versteckt lag.

»Sie wird noch nicht weg sein«, sagte Magda.

»Hoffentlich nicht.«

»Nein, das spüre ich«, sagte Magda, ohne zu wissen, warum.

Der Schauer war inzwischen in einen feinen Nieselregen übergegangen, der keiner etwas ausmachte. Ana und Magdalena hatten Schirme dabei, spannten sie aber nicht auf. Am Fluss sahen sie Rosa, neben dem Floß, das mit einem Seil an einem großen Stein am Ufer festgebunden war. Rosas Blick war auf den dunklen Horizont gerichtet. Magdalena schöpfte Hoffnung, dass sie vielleicht unentschlossen war, doch als Rosa sich beim Klang ihrer Schritte umdrehte, umspielte ein Lächeln ihre Lippen. Da begriff Magdalena, dass es ihr wirklich ernst war.

Rosa zweifelte nicht. Sie hatte nur innegehalten, um an ihre Mutter zu denken, welchen Schmerz sie ihr bereiten würde, und welche Schande ihrem Vater, der Verwandten und Freunden Erklärungen würde abgeben müssen. Außerdem dachte sie an einen jungen Mann namens Gilberto, ihre heimliche Liebe, seit sie fünfzehn war, dem sie nur gelegentlich flüchtig begegnet war und dem sie nie, wie sie jetzt bedauerte, einen Kuss gegeben oder auch nur einen Gruß entlockt hatte. Vor allem aber dachte sie an ihre Schwestern, die zurückzulassen ihr auf der Seele lastete.

»Rosa!«, riefen Ana und Diana beinahe gleichzeitig.

Rosas Herz machte einen Satz, Tränen stiegen ihr in die Augen. Sie waren gekommen, um sie zu verabschieden. Sie zu verabschieden, nicht, um sie zurückzuhalten, das wusste sie. Die drei stiegen die Böschung hinunter, erst Diana, dann Ana und schließlich Magdalena, und in dieser Reihenfolge umarmten sie Rosita Bulnes.

»Meine Güte, Rosa«, sagte Ana, »wie konntest du nur gehen wollen, ohne dich zu verabschieden!«

Rosa zuckte wortlos die Achseln, umarmte ihre Schwestern und die Freundin noch einmal so fest, wie ihre zarten Arme es erlaubten.

»Ich gehe dann also, ja?«, sagte Rosa, doch es war keine Frage, zumindest keine, auf die es eine Antwort gab.

»Ja, du gehst«, sagte Ana.

»Kümmert euch gut um Mama …«

»Das musst du uns nicht sagen, du weißt, das wir das tun.«

»Wie immer«, sagte Diana.

»Und du, Magda, pass auf die beiden auf, du siehst ja, wie sie sind.«

»Zwei dumme kleine Gänse«, sagte Magda lächelnd, um ihre Traurigkeit zu kaschieren. Sie sagte sich, dass sie jetzt stark sein musste.

»Genau, dumme kleine Gänse.«

»Ein Lästermaul bis zuletzt«, protestierte Diana.

»Ich passe gut auf sie auf, mach dir keine Sorgen. Und wir werden jeden Tag für dich beten. Es wird dir gut ergehen, da bin ich mir sicher.«

»Danke, Magdalena.«

»Nichts zu danken«, sagte Magda, dann sahen sie und die beiden Schwestern stumm zu, wie Rosa ihre Sachen vom Boden aufhob, aufs Floß legte und sich selbst vorne drauf setzte.

»Heute wird es nicht hell werden«, sagte Rosa. Keine antwortete. »Ich habe solche Regentage immer gemocht, an denen man sich auf so unerklärliche Weise wohlfühlt.«

Sie umarmten sich ein letztes Mal, dann machte Rosa das Seil los, und das Floß wurde langsam von der Strömung fortgetrieben. Es war inzwischen beinahe sechs Uhr morgens. Die Zeit war wie im Flug verstrichen, sie hatten über alles Mögliche geplaudert, Männer, Kino, Kirche, und versprochen, sich in ein paar Jahren wiederzusehen, verheiratet und mit Kindern, die sie sich gegenseitig vorstellen würden, so wie sie sich versprachen, sich tägliche Besuche abzustatten, wenn sie einmal alt und einsam wären, und sich schworen, dabei blickten sie in den Himmel, dass sie weder verbittert noch frömmlerisch sein würden. Das war Anfang Oktober 1950. Der Fluss trug Rosa Bulnes mit sich fort wie einen großen grauen Fisch. Am Ufer weinten die jungen Mädchen. Rosa wurde langsam vom Nebel verschluckt, wurde zu einem winkenden Umriss, dann einem dunklen Fleck, bald war sie nicht einmal mehr das. Hinter der ersten Flussbiegung verschwand sie ganz.

DAS WUNDER

I

DON IGNACIO WARTETE AUF ein Wunder. Wie Simon, sagte er, dem vor seinem Tod der Messias erschienen war, wartete er darauf, Zeuge eines Wunders zu werden, ehe er dieses Leben und diese Welt hinter sich lassen würde. Er wollte gar nichts Besonderes, keinen Blinden, der das Augenlicht wiedererlangte, keine Vermehrung von Broten und Fischen. Etwas Kleineres, Gewöhnlicheres, vielleicht eine Statue, die blutige Tränen weinte, oder eine Erscheinung der Jungfrau Maria. Er war überzeugt, dass sein Wunder eintreten würde, seit ihm als Halbwüchsiger im Traum jemand gesagt hatte, er werde vor seinem Tod einen Beweis für die Existenz Gottes erhalten.

»Ich weiß«, sagte er einmal, »dass die Leute nicht an solche Dinge glauben, aber es gibt auch Leute, die nicht einmal an Gott glauben. Ich habe im Traum einen weiß gekleideten Greis gesehen, der mir alles prophezeit hat. Ich glaube, er ist mir erschienen, weil ich Atheist war und er wollte, dass ich an etwas glaube.«

»Für wen hältst du dich, dass Gott dir irgendwelche Zeichen schickt?«, pflegte seine Frau zu sagen.

Aber Don Ignacio ließ sich von niemandem dreinreden. Er war überzeugt von dem, was er im Traum gesehen hatte. Als er deshalb von dem wundertätigen Kind hörte, wollte er es gleich sehen. Don Ignacio war neunundsechzig Jahre alt und litt an chronischem Asthma, das ihn, so lautete die Diagnose der Ärzte vom Rosales-Krankenhaus, bald ins Grab bringen würde. Er glaubte zwar nicht, dass ein Neunjähriger ihn würde heilen können, trotzdem setzte er alles daran, den Jungen zu sehen, der bald ein Wunder vollbringen sollte, ein Wunder wie aus dem Neuen Testament, das angekündigt wurde wie ein Zirkuskunststück: Er würde auf dem Wasser gehen.

»Sterben macht mir nicht Angst um des Sterbens willen«, sagte Don Ignacio einmal. »Nur der Gedanke, auf der anderen Seite könnte nichts mehr sein, der ist schrecklich.«

»Schau«, antwortete darauf seine Frau Doña Marcela, »zum einen bedeutet der Glaube, dass man auch an Dinge glaubt, die man nicht sieht, so steht es im Kommunionsbuch und in der Bibel und das sagen die Priester; aber ich frage mich, was passiert, wenn du dein heiß ersehntes Wunder nicht erlebst, denn sterben wirst du allemal, möge Gott dich auch noch lange davor bewahren, und schlimm genug wird es sein. Also schlag dir die Idee besser aus dem Kopf, denn ich will dich nicht eines Tages auf dem Totenbett halb tot vor Angst sehen, weil du keine Erscheinung gehabt hast.«

Don Ignacio stellte sich taub. Er war überzeugt, dass sein Wunder eintreten würde. Seine Frau setzte ihm auch nicht weiter zu, in ihren Augen war ihr Mann ein unverbesserlicher Träumer. Als junger Mann beispielsweise hatte er einen Brief verfasst, in dem er alle willigen Besucher aufforderte, nach San Salvador in sein Haus zu kommen, und diese Einladung hatte er in einer Rumflasche ins Meer geworfen. Er wollte neue Bekanntschaften machen. Die Flaschenpost hatte zur Folge, dass er die nächsten drei Jahre sonntags nicht mehr aus dem Haus ging, weil an diesem Tag der Passagierzug vom Hafen von Acajutla eintraf und er seine Gäste erwartete.

»Dieser Hornochse«, sagte Doña Marcela, »hätte er mich nicht getroffen, hätte er noch dreißig weitere Jahre jeden Sonntag zu Hause gehockt und auf Besuch gewartet.«

2

DAS WUNDERTÄTIGE KIND HIESS Andrés Ascencio. Er war an einem Junitag einundvierzig unter freiem Himmel auf die Welt gekommen, zu herabzuckenden Blitzen und prasselndem Regen. Seine Mutter versicherte, sie habe nie bei einem Mann gelegen – trotz der teils aufgebrachten Proteste eines unter dem Spitznamen Dandy bekannten Zeitgenossen, der die Vaterschaft für sich beanspruchte –, doch außer einer Kupplerin und einer geistesverwirrten Tante hatte ihr, zumindest anfangs, niemand die hübsche Geschichte abgenommen. Die Geburtswehen hatten sie auf der Straße überrascht, als sie von einem Besuch bei Freundinnen im Candelaria-Viertel zurückkam. Sie selbst lebte ein paar Blocks weiter in Santa Anita, im Haus ihrer Eltern, recht frommen Tuchhändlern. Das Kind war ohne Komplikationen oder größere Schmerzen auf die Welt gekommen und hatte sich bester Gesundheit erfreut, obwohl es fast eine Stunde lang zwischen den Beinen seiner ohnmächtigen Mutter im Regen lag, bis der Platzregen nachließ und sie von der Mutter der Gebärenden gefunden wurde, die sich angesichts der einbrechenden Nacht auf die Suche nach ihr gemacht hatte, Regenschirm und Wolljacke in der Hand. Derartige Widerstandskraft in einem Säugling wurde zunächst als außergewöhnlich, rückblickend als übernatürlich betrachtet. Doch die Geschichte von den Wundern kam erst drei Jahre später auf. Offenbar litt der Großvater des Jungen, der Vater der angeblichen Jungfrau, durch eine Gastritis an unerträglichen Magenschmerzen, und man erzählte sich, der Junge habe den Bauch seines Großvaters berührt und der Schmerz sei umgehend verschwunden. Als die Beschwerden einige Wochen später wieder auftauchten, bat der Großvater, man möge Andrés zu ihm bringen, damit er seine damals noch patschigen Händchen auf seinen Bauch lege, und als die Schmerzen wieder vergingen, sagte er, man solle einen Rosenkranz für den wundertätigen Enkel beten. Die Nachricht verbreitete sich in der Nachbarschaft. Bald wurden alle Magenbeschwerden im Viertel Santa Anita von den wundersamen Händen des kleinen Andresito geheilt, dem Enkel der Ascencios, der damals noch keine zwei Wörter brabbeln, aber Schmerzen lindern konnte.

Am meisten profitierte davon seine Mutter, die zwar keinen Centavo für die Wundertaten ihres Sohnes kassierte, dafür aber die begehrte Tugend der Glaubwürdigkeit zugesprochen bekam. Kaum einer hätte noch gewagt, ihrer Behauptung zu widersprechen, sie habe nie bei einem Mann gelegen. Man erzählt sich sogar, dass der Dandy einmal von einer Gruppe frommer Damen verprügelt worden sei, als er ihnen gegenüber Andrés als seinen Sohn bezeichnete.

»Mit der Ascencio, Beatriz Ascencio, bin ich gegangen«, hatte der Dandy gesagt, »wir haben uns immer in der Candelaria-Pension getroffen, deshalb sage ich, dass dieser Knirps, dieser Andresito, mein Sohn ist.«

Daraufhin traktierten die empörten Damen ihn mit einer Reihe Ohrfeigen, was ihn zu einem Schwall Schimpfwörter verleitete, von denen »Gassenhuren« noch eines der glimpflicheren war, ihn aber in der Folge davon abhielt, Andrés Ascencio außerhalb seiner Stammkneipe jemals wieder als seinen Sohn auszugeben.

3

ALS DER JUNGE NEUN Jahre alt war, kündigte seine Mutter an, er werde das größte aller Wunder vollbringen. Wie ein Zirkusspektakel posaunte sie es im Viertel herum: Der Junge werde übers Wasser schreiten. Die Nachricht wurde von den meisten mit Freude aufgenommen, nur einige wenige waren empört der Meinung, so etwas gehe zu weit und man dürfe mit Kindern nicht solche Spiele treiben, sie zögen Gottes Strafe auf sich. Die Nachricht verbreitete sich in der ganzen Hauptstadt, wie ein seltsamer kühler Wind wehte sie an einem Sonntagnachmittag über das Marsfeld, und fast die ganze Stadt erfuhr davon. Die Leute tratschten sich die Seele aus dem Leib: Wo das Ganze wohl stattfinden würde, an welchem Tag, ob man Zeichen am Himmel sehen würde, ob es eine Vermehrung von Brot und Fischen geben würde wie zu Zeiten Jesu, ob der Junge oder womöglich die Mutter vom Teufel besessen seien. Das wundertätige Kind Andrés Ascencio selbst bekam dabei niemand zu Gesicht. Seine Mutter erlaubte es nicht. Wer nach ihm fragte, erfuhr, der Junge verbringe die Tage mit Fasten und Beten und dürfe nicht gestört werden. Tatsächlich machte der Junge, eingesperrt im Hause seiner Großeltern, was Kinder eben tun, vergnügte sich mit dem Holzspielzeug, das sein Großvater ihm auf dem Markt gekauft hatte, oder lauschte den Gruselgeschichten, die seine Großmutter ihm im Schatten des mächtigen Mangobaums im Innenhof erzählte. Er liebte Gruselgeschichte, und am meisten die von seiner Großmutter, die plötzlich selbst ganz düster aussah, wenn sie sagenhafte Begebenheiten von enthaupteten Priestern und Frauen erzählte, die sich bei Vollmond in Wölfe verwandelten, oder von Göttinnen, die dem Meer entstiegen und hypnotisierte Fischer entführten. Sie machte ihrem Enkel weis, sie habe alles selbst gesehen und gehört. Als kleines Mädchen, sagte sie ihm, habe sie dem Heulen der Wolfsfrauen gelauscht und die große dunkle Gestalt des enthaupteten Priesters gesehen, von dessen Stola in der Dunkelheit der Nacht ein metallener Glanz ausgegangen sei. Sie habe auch mit eigenen Augen die milchig weißen Göttinnen erblickt, deren Haar goldenen Schlangen glich und die aus dem Meer kamen, um die Fischer mitzunehmen. Der Junge war hingerissen. Und die Großeltern waren hingerissen von ihm. Deshalb hatten sie einige Wochen zuvor, als die Mutter morgens erklärte, sie habe im Traum eine Vision gehabt von einer Mission, die erfüllt werden müsse, Zweifel und Einwände geäußert.

»Es muss sein«, beharrte die Mutter, »er muss auf dem Wasser wandeln.«

»Wie Jesus?«, fragte der Großvater.

»Ganz genau, so habe ich es im Traum gesehen. Er muss beweisen, dass er heilig ist.«

»Aber Kind, ich sage ja nicht, dass das Kind nicht besonders ist, aber ob man gleich so weit gehen muss.«

»Das finde ich auch«, pflichtete die Großmutter ihm bei. »Du weißt, dass ich dich immer unterstützt habe und dir immer geglaubt habe, weil es mir nicht schwerfällt, an die Dinge des Lebens zu glauben. Du weißt, dass ich ein sehr gläubiger Mensch bin und …«

»Ich bin auch ein sehr gläubiger Mensch, aber das … das ist sehr schwierig.«

»Schwierig für Gott?«

»Interpretiere deinen Vater nicht falsch, dass es schwierig zu glauben ist, meint er, und damit hat er recht.«

»Schau doch, mein Kind, das sind Taten Jesu, und ich sage, dass man das nicht auf die leichte Schulter nehmen darf.«

»Wer will es denn auf die leichte Schulter nehmen? Ich versichere euch, dass mir im Traum sogar Tag und Stunde vorausgesagt wurden …«

Nach einer langen Debatte blieb den Großeltern nichts anderes übrig, als der Tochter ihren Willen zu lassen. Trotzdem hatten sie ihre Zweifel. Die Heilungen waren echt gewesen, das hatte sich niemand ausgedacht, aber die Vorstellung, Jesus und seinen Gang übers Wasser nachzuahmen, erschien ihnen doch übertrieben. Als sie erkannten, dass ihre Tochter sich nicht davon abbringen lassen würde, baten sie darum, das Kind zumindest bis zu dem angesetzten Tag in Frieden bei ihnen mit seinen Autos spielen zu lassen, ohne dass irgendjemand ihn behelligte, worin seine Mutter gern einwilligte.

Für die Anbetung würde danach immer noch genug Zeit bleiben, so dachte die Mutter.

4

DON IGNACIO TRANK IN der Frühe nichts Warmes. Er zog ein großes Glas Orangensaft mit Ei und Honig vor. Damit fühlte er sich gut. Zuvor hatte er sich eiskaltes Wasser über den Leib geschüttet, das er mit einer Kalebasse im Hof aus dem Trog schöpfte, kurz nach fünf Uhr morgens, unter den letzten Sternen. Diese Morgendusche nahm er noch vor dem Frühstuck, und wenn er fertig war und sich in einer Wolke aus Seifenduft im Schlafzimmer anzog und ins Esszimmer ging, erwartete seine Frau ihn bereits mit einem Krug Saft und einer gebratenen Banane. Es war ein tägliches Ritual. Doch just an dem Morgen, an dem Don Ignacio sein so lange erwartetes Wunder zu sehen erhoffte, empfing seine Frau ihn mit einer dampfenden Tasse heißer Schokolade.

»Willst du mir den Tag verderben, Frau?«, soll er protestiert haben.

»Warum denn?«

»Was, warum? … Und wo ist mein Saft? Mich werden mitten am Vormittag die Kräfte verlassen, ja, ich könnte ohnmächtig werden.«

»Was bist du doch für ein unerträglicher Geselle«, klagte Doña Marcela.

»Du weißt sehr gut, wohin ich gehe und dass ich dafür gestärkt sein muss.«

»Aber merkst du denn nicht, wie kalt es heute ist? Es hat die ganze Nacht geregnet, deshalb habe ich dir lieber eine schöne heiße Schokolade gemacht, sei nicht undankbar. Gott sieht alles.«

Don Ignacio verließ sein Haus kurz nach halb sieben Uhr

morgens. Er trug den Anzug, in dem er sonst immer in die Kirche ging, bestehend aus einer dunkelblauen Kaschmirjacke und Hose, beides mittlerweile etwas abgewetzt, einem weißen Hemd, das seine Frau ihm im Vorjahr zu Weihnachten geschenkt hatte, und frisch geputzte und polierte schwarze Lederschuhe. Obwohl es die ganze Nacht geregnet hatte und der Himmel immer noch bedeckt war, nahm er keinen Regenschirm mit. Sollte das Wunder eintreten, würde kein Regen den Anblick trüben, dessen war er sicher. Und sollte nichts geschehen, konnte er ebenso gut nass werden. Er war des Wartens müde. Seine Frau warnte ihn, er werde sich eine Lungenentzündung holen, wenn er sich nicht wärmer anziehe. Aber er hatte keine Lust, auf sie zu hören.

Don Ignacio ging zu der Brücke im Candelaria-Viertel, unter der das Wunder stattfinden sollte, und sah, dass der Fluss Hochwasser führte. Ein paar Tage zuvor noch ein schmutziges Rinnsal, war er zu einem klaren Strom angewachsen, der sogar schiffbar war, wie ihm ein Floß zeigte, das in eben diesem Augenblick um eine Flussbiegung verschwand. Der Anblick dieses beeindruckenden Gewässers trug fraglos dazu bei, Aufregung und Glauben des nervösen Don Ignacios noch zu steigern. Die ganze Nacht hatte er auf dem Boden neben seinem Bett gebetet und in der Bibel gelesen, bis die Uhr fünf anzeigte und er sich waschen ging.

»Wie schön ist der Fluss«, sagte er mit gerührter Stimme zu sich selbst.

Das Wunder war für acht Uhr morgens angekündigt, weshalb noch niemand zu sehen war, bis auf drei schwarz gekleidete junge Fräulein, die auf dem erdigen Ufer standen. Sie hielten sich an den Händen, die offenbar jüngste von ihnen hatte einen Arm um einen Baumstamm geschlungen. Don Ignacio stieg vorsichtig zu ihnen hinab. Wenige Schritte von ihnen entfernt bemerkte er zu seiner großen Überraschung, dass die jungen Mädchen weinten. Man hörte kein Schluchzen, aber ihre Wangen waren gerötet und Tränen rannen ihnen über die Gesichter.

»Sie sind noch frommer als ich«, dachte Don Ignacio in dem Glauben, sie weinten in Erwartung des unmittelbar bevorstehenden Ereignisses.

Don Ignacio kannte das wundertätige Kind nicht. Kaum hatte er von ihm gehört, hatte er sich zu seinem Haus begeben, aber der Junge hatte gerade mit seiner Mutter das Landesinnere bereist. Eine Woche später versuchte er es erneut, da wurde ihm gesagt, der Junge sei bei einer Tante, um sie zu heilen. Bei seinem dritten Besuch, einen Monat später, war der Junge zum Christus von Esquipulas gepilgert, und beim vierten Mal, fast drei weitere Monate später, öffnete ihm niemand die Tür. Sechs Monate darauf, als Don Ignacio zum fünften Mal sein Glück versuchte, befand sich der Junge zwar zu Hause, aber es war die Zeit vor seinem Gang übers Wasser, in der die Großeltern ihn von der Öffentlichkeit abschirmten. Don Ignacio ließ sich den Mut nicht nehmen, in all diesen verfehlten Gelegenheiten sah er Gottes Wille, seine Hartnäckigkeit auf die Probe zu stellen. Doch niemand war hartnäckiger als Don Ignacio, und Gott wusste das wahrscheinlich ebenso gut wie der Priester der Calvario-Kirche, der ihn über zehn Jahre lang bei der Frühmesse um fünf die dreißig oder vierzig Meter vom Eingang bis zu seinem Platz in der ersten Bank auf Knien rutschen sah, ehe er nach dem Gottesdienst eine Kerze unter dem Christus hinter dem Altar oder vor einer der anderen hölzernen Heiligenstatuen anzündete, alles, um für sich und seine Frau die Gnade zu erbitten, ein Kind geschenkt zu bekommen. Und obwohl kein Kind kam, blieb sein Glaube standhaft, und er behielt seine Gewohnheiten über die Jahre bei, es änderten sich nur die Zeiten der Gottesdienste und die Häufigkeit seiner Besuche, denn inzwischen ging er nachmittags in die Kirche und nicht mehr als drei Mal die Woche, abgesehen vom Sonntag.

»Gott grüße euch«, sagte Don Ignacio.

Die jungen Mädchen, ganz von ihrem Schmerz absorbiert, hatten den Mann nicht herankommen bemerkt, und überrascht wichen sie zurück. Angst hatten sie dabei keine, denn der Fremde sah weder aus wie ein Verbrecher noch wie ein Irrer und erst recht nicht wie ein Vagabund, ganz im Gegenteil, er machte einen sehr gepflegten, sogar eleganten Eindruck, und sein Tonfall war der eines Priesters bei der Predigt.

»Gott sei mit euch, meine Fräulein«, wiederholte er.

»Guten Tag«, antwortete eine der jungen Frauen mit rauer Stimme.

»Es ist noch sehr früh, aber es lohnt sich, im Morgengrauen aufzustehen, um einen guten Platz zu bekommen, von dem aus man alles sieht«, sagte Don Ignacio. »Das wird in die Annalen eingehen, stellen Sie sich nur vor, welche Gnade uns zuteilwerden wird … Und der Fluss, noch nie habe ich ihn so viel Wasser führen sehen, und so sauber ist er, ja, das allein ist schon ein Wunder, was wird das erst, wenn der Junge darüberwandelt.«

»Was wird der Junge?«, fragte das jüngste der drei Mädchen.

»Ja, habt ihr denn nicht von dem wundertätigen Kind gehört? Sagt nicht, ihr wisst nicht, dass das Wunderkind von Santa Anita übers Wasser gehen wird, wie Jesus Christus es einst tat? Heute werden wir alle zu Aposteln!«

»Verehrter Herr, binden Sie uns bitte keinen Bären auf«, sagte Magdalena. »Sehen Sie nicht, dass wir nicht zum Scherzen aufgelegt sind? Abgesehen davon wird heute ganz bestimmt niemand auf diesem Fluss übers Wasser wandeln, also gehen Sie lieber wieder nach Hause und legen sich neben Ihre Frau ins Bett, wenn Sie eine Frau haben, die Sie aushält.«

Beleidigt und zutiefst in seinem Stolz verletzt, drehte Don Ignacio sich um und entfernte sich ohne ein weiteres Wort. Unterdessen füllte sich die Brücke langsam mit Schaulustigen. Es war sieben Uhr morgens, der Himmel war grau. Ein kühler, sonderbarer Tag. Kein einziges Vogelzwitschern hatte man bislang gehört.

5

»DU, DIANA«, SAGTE ANA Bulnes, »dieses Wunderkind muss der Sohn von Beatriz Ascencio sein.«

»Hoffentlich nicht, das wäre ja wohl die Höhe. Obwohl, wundern würde es mich nicht, nach allem, was Beatriz offenbar mit ihrem Sohn anstellt, wie es heißt. Aber das muss sie selbst mit Gott ausmachen.«

»Meine Mutter ist felsenfest überzeugt«, sagte Magda, »dass er Wunder vollbringt. Sie wollte sogar einen meiner Brüder hinbringen, damit er ihn von den Masern heilt. Mein Vater hat sie nicht gelassen. Aber sie sagt, er habe irgendwem das

Augenlicht zurückgegeben und einem anderen die Sprache, und Sachen in der Art.«

»Armes Kind«, sagte Ana. »Beatriz ist verrückt geworden. An so was glaube ich nicht. Beatriz hat noch nie alle Tassen im Schrank gehabt. Noch nie.«

»Was für Wunder soll der schon vollbringen, da ist ja die schwarze Witwe noch wundertätiger als dieses Kind.«

»Nein, die schwarze Witwe vollbringt keine Wunder, die hext, das ist etwas anderes.«

»Wie auch immer«, sagte Diana, »was geht uns das an.«

Rosa Bulnes war früher einmal mit Beatriz Ascencio befreundet gewesen. Sie hatten sich kennengelernt, als sie als Zwölfjährige einmal beide nachts weinend an einem Brückengeländer gelehnt und auf den Fluss gesehen hatten. Rosa hatte sich mit ihrem Vater gestritten oder hatte vielmehr eine lange Tirade über ihre Faulenzerei und Unwissenheit zu hören bekommen, worauf sie ohne Abendessen das Haus verlassen hatte. Von ihrem Zimmer, wohin man sie nach der Predigt geschickt hatte, war sie durch die Küche nach draußen geschlüpft.

Beatriz dagegen weinte, weil sie erfolglos versucht hatte, einen Schulkameraden zu küssen. Der drei Jahre ältere Junge hatte sie vor den verblüfften Blicken seiner Freunde weggeschubst. In dieser Nacht schimmerte der Mond im Fluss wie eine lange Kerzenflamme. Auf der Brücke tauschten die Mädchen sich darüber aus, wie schrecklich das Leben war. So wurden sie Freundinnen, wenn auch nicht besonders enge, denn Rosa konnte nicht mit Beatriz' Männerverschleiß Schritt halten, was Beatriz ihr ständig unter die Nase rieb. Sie nannte sie eine Frömmlerin. Als sie beide siebzehn waren, fing Beatriz an, Rosa zu bedrängen, ihre Jungfräulichkeit zu verlieren. Außerdem prophezeite sie ihr, dass sie es als Künstlerin sowieso zu nichts bringen würde, weil sie unfähig sei, das Leben nach ihren eigenen Wünschen zu leben, und dass sie auch als Frau nicht weit kommen würde, wenn sie nicht lerne, was den Männern im Bett gefalle. Rosa fragte sich naiv, woher Beatriz Ascencio all diese Sachen wusste, wo sie sie gelesen hatte und wie sie zu solchen Schlussfolgerungen gekommen sein mochte.

Als Beatriz schwanger wurde, trafen sie sich immer seltener, in erster Linie, weil Señor Bulnes seiner Tochter den Umgang strikt untersagte. Als Rosa ihre Reise antrat, hatte sie Beatriz Ascencio schon lange nicht mehr gesehen. Tatsächlich wusste sie von ihr nur, was sie die Leute hatte sagen hören: dass ihr Sohn Andrés Wunder vollbrachte. Rosa glaubte zwar nicht an solche Geschichten, aber sie lauschte ihnen mit ehrlichem Interesse und nahm sich sogar des Öfteren vor, irgendwann einmal bei ihrer früheren Freundin vorbeizuschauen und dem Kind ein Geschenk zu bringen. Einmal erwähnte sie sogar vor ihren Schwestern, sie wolle sich von dem Jungen ein Heiligenbild segnen lassen. Aber das tat sie letztlich nie.

»Also schön«, sagte Magdalena, »wo es hier jetzt schon so voll geworden ist, können wir auch noch bleiben und schauen, was passiert.«

»Arme Leute«, sagte Diana, »immer auf der Suche nach etwas, woran sie glauben können. Was man auch immer gegen unseren Vater vorbringen kann, er ist wenigstens nicht leichtgläubig.«

»Wir könnten so ein Wunder schon gebrauchen«, sagte

Ana. »Ich will mir gar nicht ausmalen, was zu Hause los ist, wenn wir sagen, dass Rosa weg ist.«

»Das ist doch nicht unsere Schuld«, sagte Diana.

»Ganz egal. Ob wir Schuld haben oder nicht, das Geschrei werden wir aushalten müssen. Arme Mutter.«

Die Leute stiegen nach und nach die Böschung hinab. Magda und die Bulnes-Töchter rührten sich nicht von der Stelle. Aus Trägheit, Neugierde, Schaulust oder allem zusammen blieben sie am Ufer auf der Erde sitzen. Ein paar Minuten vor acht, als Anita Bulnes gerade bemerkte, an diesem Morgen habe noch kein einziger Vogel gezwitschert, hörten sie jemanden ein Kirchenlied anstimmen: »Gottes Gesandter ist unter uns, Gottes Gesandter, sein Prophet.« Die Stimme kam von einer Frau in einer weißen Tunika mit goldenen Kreuzen auf der Brust. Ihr folgten zwölf Frauen in ebensolcher Aufmachung, die den Chor bildeten: »Die Rückkehr unseres Herrn ist nicht das Ende, es ist das Ufer, an dem ein neuer Himmel beginnt.« Zunächst wagten nur wenige, leise mitzusingen, doch nach und nach stimmten alle in das Lied ein: »Gottes Gesandter ist unter uns, Gottes Gesandter ist unter uns, Gottes Gesandter, sein Prophet.« Alle bis auf Magda und die beiden Bulnes-Töchter. Und inmitten der singenden Menge erschien der Junge, im Stil der Antike in ein weißes Leintuch gehüllt, und hinter ihm seine Mutter, barfüßig und in einem weißen Gewand, das Haar mit gelben Rosen geschmückt und alle Finger mit Ringen versehen, die golden schimmerten, als seien sie soeben im Feuer geschmiedet worden.

Die Mutter sang und ermunterte die Anwesenden mit erhobenen Händen zum Mitsingen. Der Junge trat ans Ufer des

Flusses, der glasklar war, durch den vielen Regen angestiegen wie noch nie. Er zog die Schuhe aus und tauchte die Fußspitzen ins Wasser, das kalt sein musste. Dann ging er los. Langsam wie ein Seiltänzer. Er setzte einen Fuß darauf. Dann den anderen. Machte einen Schritt. Noch einen. Das Wasser trug ihn. Magdalena bekam Gänsehaut. Sie wurde sich bewusst, dass es das war, wovon sie geträumt hatte: eine Menschenmenge, die ein Wunder Gottes bejubelte. Sie legte sich die Hand auf die Brust und spürte ihr Herz pochen. In diesem Moment, nach einigen wenigen Schritten hin zur Unsterblichkeit, ging der Junge unter. Aus dem Gesang wurde ein unterdrückter Aufschrei, dann unverständliches Gemurmel. Sofort sprang einer, dann ein zweiter und ein dritter Mann dem Jungen hinterher. Ein vierter. Der Großvater des Jungen tauchte ebenfalls ins Wasser, um ihn herauszufischen. Dann die Mutter und kurz darauf die Großmutter des Kindes. Aus der Menge löste sich ein Mann, den sie den Dandy nannten, und nach einem kurzen Zögern angesichts des wachsenden Stroms, untrügliches Zeichen, dass es auch flussaufwärts regnete, stürzte er sich hinein und erlitt das gleiche Schicksal wie die anderen. Insgesamt warfen sich zwölf Personen in den Fluss, um das wundertätige Kind Andrés Ascencio zu retten. Keiner tauchte mehr auf. Die Strömung riss sie auf Nimmerwiedersehen mit sich fort. Die Menschen am Ufer verfolgten die Ereignisse entsetzt. Sie waren gekommen, um ein Wunder zu sehen, und wurden Zeugen einer Katastrophe. Einige knieten sich hin und beteten, andere weinten nur. Kaum einer ging. Alle waren wie gelähmt von diesem tragischen Spektakel. Deshalb merkte niemand, dass der Regen innehielt, und bis auf Anita Bulnes hörte niemand den kleinen

Vogel, der auf einem niedrigen Ast über dem Wasser zwitscherte, zum Fluss hin, der kurz zuvor ihre Schwester auf einem Floß fortgetragen hatte und auf dem in eben diesem Augenblick ein anderes Floß mit drei Kindern auftauchte. Das größte, ein schlaksiger, vor Kälte halb erstarrter Junge, hielt eine weiße Fahne, die an einem in einer Rumflasche steckenden Stock flatterte.

6

ALS ANDRÉS ASCENCIO BEI seinem Gang übers Wasser im Fluss versank, hatte Don Ignacio weder Lust zu weinen noch zu schreien noch nach Hause zu gehen. Im Grunde hatte er nicht einmal mehr Lust zu leben, und dass er sich nicht auch zur Rettung des Jungen in den Fluss warf, war nur der Liebe zu seiner Frau zu verdanken. Er wollte sie nicht allein lassen. Deshalb blieb er auf einem Stein hocken und achtete nicht weiter auf das Floß mit den Kindern, dem die anderen Anwesenden wortlos entgegensahen. Reglos und benommen saß er da wie vom Glauben abgekommen, und weigerte sich, Gott um eine Erklärung zu bitten. Er schloss die Augen und sehnte sich nur von ganzem Herzen nach jemandem, seiner Frau vielleicht, der ihn fest umarmen möge. Eine Träne lief über seine Wange. Und als er eben beinahe lautlos und ohne die Lippen zu bewegen fragen wollte: »Warum hast du mich verlassen, warum …?«, hörte er in einiger Entfernung jemanden seinen Namen sagen.

»Ist ein Señor Ignacio Sánchez hier?« Magdalena rief es einmal, ein zweites und ein drittes Mal, und da sah sie, dass der Mann, der sie zuvor begrüßt und nach dem Wunder gefragt hatte und den sie nach Hause zu seiner Frau hatte schicken wollen, langsam aufstand und den Arm hob.

»Sind Sie Herr Ignacio Sánchez?«, hakte Magdalena nach.

»Ja … der bin ich«, rief Don Ignacio.

»Diese Kinder hier sind auf der Suche nach Ihnen.«

Aus einem unerfindlichen Grund musste Don Ignacio da gar nicht erst bis zum Floß hinuntergehen oder auch nur einen Blick auf die Botschaft werfen, die er selbst fast vierzig Jahre zuvor in eine Flasche gesteckt hatte und die hiermit beantwortet wurde, er musste gar nichts mehr tun, er lachte nur los, lachte wie nie zuvor in seinem Leben, und in diesem Zustand der Entfremdung, den Glückseligkeit bewirkt, dachte er, dass er jetzt, da er sein Wunder gesehen hatte, in Frieden sterben könnte, dass aber Sterben das Letzte war, was er in diesem Moment wollte.

7

AUS EINEM GLEICHERMASSEN UNERFINDLICHEN wie unbegreiflichen Grund träumte Magdalena so gut wie nie. In ihrem ganzen Leben hatte sie nur vier Träume, und sie versichert, ihr fehle nur noch einer, der alles vervollständigen würde.

Drei Träume hatte Magdalena in ihrer Jugend, und jeder einzelne war auf seine Weise entscheidend für ihr Leben: Der erste handelte von einem Wunder und zeigte ihr, dass alles möglich war. Im zweiten flüsterte ihr eine Stimme ein finsteres Geheimnis in ihr linkes Ohr, während eine Hand ihr den Mund zuhielt, und er zeigte ihr, dass alles schrecklich war. Im dritten kam es zu einer wundersamen Begegnung auf einem Bahnhof. In dieser Reihenfolge stellten die Träume sich ein, an einem Karfreitag, einem Ostersamstag und einem Ostersonntag des Jahres 1947, und in dieser Reihenfolge trugen sie sich zu, zwei im Jahr 1950, der dritte einige Monate später im Jahr 1951.

»Alles war damals noch möglich«, sagt Magdalena, steht von dem Stuhl auf, in dem sie einen Großteil des Nachmittags zugebracht hat, und geht langsam wie immer zur Zimmertür. Draußen dämmert es bereits. Ein lauer Oktobertag. Wir sind beide erschöpft. Ihr macht die Müdigkeit mehr zu schaffen, auch wenn sie weniger hustet als an den heißen Tagen, was eine Erleichterung für mich ist, weil ich ihr nicht mehr das Gebräu aus Ingwer und Pfeffer kochen muss, das sie fast wie Wasser trinkt. Sie spricht angeregter und unterbricht sich seltener.

»Was wurde aus den Kindern?«, frage ich.

»Ich weiß es nicht.«

»Haben Sie nichts mehr von ihnen gehört?«

»Ich habe gehört, was alle hörten, dass sie groß wurden, heirateten, einer Ingenieur wurde, solche Sachen, aber solche Sachen sind belanglos, man weiß schließlich auch nicht, was der Blinde tat, nachdem er das Augenlicht wiedererlangte, oder der Lahme, als er wieder gehen konnte, oder was aus Lazarus wurde, nachdem er von den Toten auferstanden ist. Ich weiß nicht, was aus ihnen wurde, ob sie gute oder schlechte Menschen waren, und es ist mir auch egal, denn was zählt, ist das Wunder, das sie verkörperten, ihr Augenblick der Gnade. Was schert mich das Schicksal der Kinder von Valparaíso, sie können meinetwegen zu Gaunern geworden sein, das tut nichts mehr zur Sache.«

»Ich glaube nicht, dass aus ihnen Gauner wurde.«

»Du glaubst sowieso an gar nichts, du sitzt da und hörst dir meine Geschichten an, wie man dem Wind oder dem Regen lauscht, ohne irgendetwas zu begreifen, weil es dir schwerfällt, an irgendetwas zu glauben, wie allen Leuten heutzutage. Aber in deinem Fall ist es eine Sünde, denn du bist unter Menschen aufgewachsen, von denen du dir den Glauben hättest abschauen können, du wurdest von Doña Prudencia aufgezogen, hast mehr Zeit mit ihr verbracht als mit mir, und sie wusste von diesen Dingen, sie wusste vom Wind und sie muss dir davon erzählt haben, aber du bist ein Ungläubiger, und deshalb ergeht es dir so schlecht. Ich erzähle dir von einem Wunder und du fragst mich nach dem Danach, als hätte das irgendeine Bedeutung. Es hat keine. Hier zählt nur, dass ich dir von einer Zeit erzähle, in der noch alles möglich war, während es das heute nicht mehr ist, weil alles ausgelöscht wurde.«

»Alles war möglich« wiederholt sie noch einmal, dann verlässt sie das Zimmer, ohne mich anzusehen, ohne ein weiteres Wort, aber sie lässt mich nicht in diesem immer düsterer werdenden Raum zurück, sondern am Ufer eines Flusses mit glasklarem Wasser, von Menschen umringt, die zusehen, wie ein gerührter alter Mann drei magere Kinder umarmt, während mehrere Frauen Hymnen zu Ehren des Herrn singen und eine ekstatische Menge ruft, es ist ein Wunder geschehen, ein Wunder.

TRÄUME

I

BAMBUS.

Damit war der Eingang und der Innenhof des Hauses von Magdalenas Großmutter mütterlicherseits bestückt. Schlanker gelber Bambus, dessen rachitische Zweige mit den säuselnden grünen Blättern so sacht in der Oktoberbrise schaukelten, dass Magdalena ganz schläfrig wurde. Genau genommen war es weniger ein Haus, als drei aus Brettern zusammengenagelte Kästen, nicht einmal richtige Zimmer, aber immerhin trugen sie ein Dach aus moosigen Schindeln und dienten einer verschrumpelten alten Frau als Heim, die irgendwann in den Sechzigerjahren des neunzehnten Jahrhunderts auf die Welt gekommen war und ihrer Enkelin Geschichten erzählte, die sie als Kind von ihrer eigenen Mutter erzählt bekommen hatte, und andere, die sie selbst erlebt hatte, wie sie versicherte.

Während der Wintermonate verbrachte Magdalena viele Nachmittage in dieser Behausung, in der immer ein Tontopf mit Bohnen auf dem Feuer stand und von deren Deckenbalken das Leder eines Hirsches, Agutis, Hasen oder sonstigen Tieres hing, das Magdalenas Onkel Mario erlegt hatte, der immer lange Gespräche mit Magdalenas Großvater Don Miguel führte, einem großen alten Mann mit blauen Augen und schütterem schneeweißem Haar. Don Miguel war als Kind in die Neue Welt gekommen. An die Gründe erinnerte er sich ebenso wenig wie an den Namen des Dorfes, in dem er geboren wurde. Er hatte die Reise mit seinem Vater unternommen. Ein einziges Mal hatte er nach seiner Mutter gefragt, und es war das einzige Mal gewesen, dass er seinen Vater hatte weinen sehen. Nie habe er ihm etwas von früher erzählen wollen, versichert Don Miguel, deshalb wisse er nicht einmal, wo genau er herkomme.

Wenn es regnete, saß Magdalena mit ihren Großeltern drinnen, und alle tranken Kaffee mit Zimt und im Steinmörser gestoßenem braunem Zucker. Die Großmutter erzählte gern von der Zeit um die Unabhängigkeit. Geschichten ihrer Mutter, von deren Existenz wir durch ihre Erzählungen wissen, die aber seit Langem kein Gesicht und nicht einmal mehr einen Namen hat. Von ihr wissen wir um die geheime Affäre zwischen Präsident José Matías Delgado und einer ihrer engsten Freundinnen. Die Liebenden trafen sich um Mitternacht in ihrem Haus. Und sie war es, die von den blutigen Schlachten erzählt hatte, in denen ihre Onkel gekämpft hatten. Gefechte für die Unabhängigkeit, bei denen einer eine Hand und der andere Augenlicht und Gehör verloren hatte. Eine ihrer Geschichten handelte von einem, der um 1821 zum Generalkapitanat Guatemalas reiste, um an der Versammlung teilzunehmen, in deren Verlauf die Unabhängigkeit unterzeichnet wurde. Ihrer Überlieferung nach war es ein sonniger Tag, Raketen explodierten am Himmel, die Glocken läuteten unentwegt, und ein Geruch nach Schießpulver, Rum und Schweiß ging von dem Platz aus, auf dem die Menge versammelt war. Alles Dinge, von denen nichts in den Geschichtsbüchern steht. Doch Magdalena erinnert sich nicht mehr, wer Zeuge dieses Ereignisses war, ob ihr Urgroßvater oder die Mutter ihres Urgroßvaters oder vielleicht eine Freundin. Sie weiß es nicht. Erinnert es nicht. Dafür weiß sie, dass die Reise mehrere Tage dauerte, zwei Pferde den Karren zogen, dass unterwegs ein Kind auf die Welt kam, ein Mädchen, und dass jemand ein paar Banditen umbrachte, von denen sie eines Nachts überfallen wurden, sie vor allem aber, das war das Spannende dabei, einen verletzten Banditen bis zu einer Höhle verfolgten, wo sie ihm den Gnadenschuss verpassten und Truhen mit Goldmünzen und Tongeschirr fanden sowie einen Haufen Papiere und meterhohe Stapel alter Bücher, dass sie sich jedoch für das Gold entschieden, das zwar nicht viel war, aber ausreichte, um ihre Schulden zu begleichen und einige Grundstücke zu erwerben, von denen keiner wusste, wo sie lagen.

Magdalena saß am liebsten zu den Füßen ihrer Großmutter, wenn die alte Frau namens Estebana Jesusa ihre Geschichten erzählte. Sie sprach langsam, zum Knistern des Holzfeuers in dem Küchenherd aus Lehm, auf dem die unverzichtbaren Bohnen kochten, und zur leicht asthmatischen Atmung des spanischen Großvaters, der zwar nichts von seinem Geburtsort wusste, trotzdem jedoch manchmal versicherte, es sei ein Dorf, das einmal zu Portugal gehört habe, seit 1801 aber auf spanischem Territorium liege. Magdalena lauschte beiden, vor allem der Großmutter, gebannter, als man es einer frischgebackenen Absolventin des staatlichen Lehrerinnenseminars zugetraut hätte, gebannter als ein zwölfjähriges Kind, dem eine Gruselgeschichte erzählt wird; sie lauschte mit dem Staunen eines Mädchens, das in dem Haus des gelben Bambus einen Lufthauch spürte, der aus fernen Zeiten kam, von Menschen und Gesichtern, die nicht mehr existierten, nicht einmal mehr Staub im Staub waren, die aber dennoch mit ihr die Luft dieses Feuers einatmeten, als wären sie lebendig.

Deshalb ging sie so gern dorthin. Und am liebsten während der Wintermonate, im matten Dämmerlicht, das der Sturm erzeugt.

Trotzdem verbrachte Magdalena den Nachmittag nach dem Wunder nicht im Hause ihrer Großeltern, obwohl es regnete, sondern bei den Bulnes. Schon morgens war ihr nach einem Besuch im Haus des gelben Bambus zumute gewesen, doch in Anbetracht der Ereignisse hielt sie es für besser, bei ihren Freundinnen zu bleiben, eine scheinbar nicht besonders tief greifende Entscheidung, die sie aber lange Zeit bereuen sollte.

»In Gedanken war ich bei meinen Großeltern«, erzählt Magdalena. »Es war einer dieser Nachmittage, wie wir sie liebten. An denen wir Kaffee kochten und uns hinsetzten, manchmal mit meinem Onkel, manchmal nur meine Großeltern und ich, und meine Großmutter Estebana von Matías Delgado und zahllosen anderen Dingen erzählte. Mit ihren Geschichten wurde man in eine andere Welt versetzt, doch an diesem Tag bekam ich keine zu hören, weil ich bei den Bulnes-Schwestern bleiben wollte.«

An diesem Nachmittag rief Señor Bulnes sie zu sich ins Arbeitszimmer, um mit ihr zu sprechen. Niemand im Haus war über dieses Anliegen überrascht, und man riet Magdalena, Don Luis alles zu beantworten, was er über Rosa wissen wollte.

Don Luis' Arbeitszimmer war ein quadratischer Raum voller Bücher. Gegenüber der Tür stand der schwere Mahagonischreibtisch, auf einer Seite eine kleine Lampe, auf der anderen ein Glas mit Bleistiften, in der Mitte ein Haufen Papiere. Hinter dem Schreibtisch befand sich ein großes Fenster, das den ganzen Tag geschlossen blieb, damit Don Luis nicht durch etwaigen Lärm aus dem Garten gestört würde, während er sich mit Rechtsfragen beschäftigte oder eines seiner Esoterikbücher studierte, das er jedoch abends öffnete, um eine frische Brise aus dem Garten mit seinen beiden Guavenbäumen hereinzulassen. Den restlichen Raum im Zimmer nahmen die Bücher in ihren Regalen ein, die Don Luis mit präzisen Anweisungen bezüglich Breite und Höhe an die Wände hatte anpassen lassen. Magdalena hatte die Schwelle des Arbeitszimmers von Don Luis Bulnes noch nie überschritten, bis zu diesem Nachmittag hatte sie es nur von Weitem gesehen, vom Wohnzimmer aus oder durch das Fenster zum Garten, wenn die blütenweißen Vorhänge aufgezogen waren. In jugendlicher Schwärmerei setzte sie diesen Raum mit einer Art Heiligtum gleich. Ein Ort, den sie mit den guten Manieren und der Bildung, beinahe schon dem Gelehrtentum von Don Luis Bulnes verband, den sie für sein Wissen bewunderte und für seine eiserne, geradezu gnadenlose Disziplin missbilligte. Trotz allem war jedoch ihr Respekt für Don Luis, zumindest beim Betreten seines Arbeitszimmers an jenem Nachmittag, weitaus größer als ihre Missbilligung.

»Kommen Sie herein, Magdalena«, sagte Don Luis und wies auf einen Holzstuhl mit Lederbezug, der vor dem Schreibtisch stand. Magdalena bat um Erlaubnis, setzte sich und wartete, dass Don Luis das Wort ergreifen möge. Sie war sehr nervös, gleichzeitig aber auch aufgeregt, sich an diesem Ort zu befinden, in diesem Heiligtum voll schwarz gebundener Bücher mit goldenen Lettern, von denen ein Geruch ausging, den sie nicht benennen konnte, ein sachter, spröder, leicht fader Geruch, schal und sauber. Es war kein Geruch, wie er von Pflanzen ausging, in dem Zimmer gab es keine einzige Pflanze, und auch kein tierischer Geruch, denn mittlerweile hatte das Leder der Stühle, die so alt wie das Jahrhundert waren, alles Animalische verloren, und es war auch nicht der Lavendelduft von Don Luis, weder der Geruch seiner Vaseline noch der schwarze Teegeruch seines Atems. Es war etwas anderes. Magdalenas Gedanken schweiften ab. Da sagte Don Luis Bulnes: »Glaube weder, dass mich nicht schmerzt, was meine Tochter getan hat. Rosa ist die Älteste, und konnte ich mit den entsetzlichen Kleckseleien, die sie Bilder nannte, auch nichts anfangen, hätte sie doch nicht das Haus verlassen dürfen, und erst recht nicht so. Das arme Kind war auf einem Irrweg, und ich als ihr Vater hatte die Pflicht, sie darauf hinzuweisen.«

Magdalena fand Don Luis weniger steif als gewöhnlich. Vielleicht bewegt von den morgendlichen Ereignissen.

»Auch wenn Sie es nicht glauben, Magdalena, ich verstehe meine Tochter. Ich kann ihre Art zwar nicht akzeptieren, aber ich verstehe sie, denn sieht man es mir auch nicht an, bin ich doch ebenfalls ein Mann von Leidenschaft.«

Magdalena nickte. Von Zeit zu Zeit dachte sie über den Geruch des Arbeitszimmers nach, ohne sich darüber schlüssig zu werden. Unterdessen holte Don Luis aus seinem Schreibtisch ein paar Blätter, die mit einer eleganten Handschrift bedeckt waren.

»Sehen Sie hier. Einige bescheidene Gedichte aus meiner Feder, die sich als Liebessonette versuchen.« Überrascht nahm Magdalena die Blätter entgegen. »Lesen Sie hinein und sagen Sie mir, was Sie davon halten. Ich weiß, dass du sensibel bist, Magdalena, ich habe dich beobachtet.«

Magda las ein paar Zeilen. Die Gedichte sprachen von einer Liebe zwischen Disteln, von etwas, das um Mitternacht in Gestalt des Windes kam und Haut und Seele erbeben ließ. Sie fand das alles furchtbar kitschig, aber sie fühlte sich geschmeichelt, dass jemand wie Don Luis Bulnes diese persönlichen Ergüsse ausgerechnet ihr zeigte, einer frischen Institutsabsolventin ohne besondere Bildung und ohne weitere Verdienste, als die Freundin und Vertraute seiner Töchter zu sein.

»Sie sind sehr schön«, log Magda.

Señor Bulnes kraulte sich mit der Hand das Kinn.

»Schön, dass sie dir gefallen«, sagte er. »Ich hoffe, du denkst jetzt nicht mehr, dass ich ein grober und gefühlloser alter Mann bin.«

»Das habe ich nie gedacht, Don Luis, ganz im Gegenteil.«

»Das freut mich. Im Familienleben bedarf es eben der Disziplin, und jemand wie ich kann sich nicht erlauben, der Gewöhnlichkeit anheimzufallen.«

»Natürlich«, sagte Magda und legte die Papiere, die Don Luis ihr gegeben hatte, auf den Schreibtisch.

»Du hast einen sehr schönen Namen, Magdalena. Der Name der Frau, die Jesus über alle anderen liebte.«

»So heißt es«, sagte Magda.

»So heißt es nicht nur, so war es. Manche reden sogar von seiner Nachkommenschaft, denn sie hatten Nachkommen. Wusstest du das?«

»Nein, das wusste ich nicht.«

»Siehst du, man lernt in diesem Leben immer noch dazu.«

Eine halbe Stunde lang erzählte Don Luis Magdalena die Geschichte ihrer Namensgefährtin, wie sie nach Frankreich gereist war und dort eine Tochter bekam, die später in die Aristokratie des Landes einheiratete. Magdalena hörte ihm so gebannt zu, wie sie einer der fantastischen Begebenheiten gelauscht hätte, die ihre Großmutter ihr an diesem Nachmittag womöglich erzählt hätte. Für sie war es nur ein Märchen unter den vielen, die sie in ihrem Leben gehört hatte. Doch dann fing Don Luis damit an, wie romantisch doch solche Wintertage seien, in ihrer sonderbaren Düsterkeit, welch magische Momente sie bescheren konnten.

»Dich über die Straße gehen zu sehen, hat auch etwas Magisches«, sagte Don Luis unvermutet.

Magdalena wurde rot und wusste nicht, was sie sagen sollte. Sie lachte beschämt auf und brachte mit belegter Stimme ein kurzes »Danke« hervor. Plötzlich hatte sie es nicht mehr mit dem steifen Mann zu tun, der mit ernster Miene um halb fünf Uhr nachmittags mit seiner Frau Tee trank, umringt von seinen Töchtern, sondern mit einem sanften Menschen, der sich unter einem Panzer verborgen gehalten hatte und paradoxerweise an einem Regentag ans Licht trat. Beide erhoben sich. Es war ein paar Minuten vor halb fünf, wie eine Uhr anzeigte, die an der Tür angebracht war und zu der Magdalena sich umdrehte. Don Luis lud sie zum Tee ein. Sonst würde ein Stuhl frei bleiben, fügte er hinzu. Draußen hinter dem Fenster hörte man die Stimmen seiner Frau und Töchter. Durch die schneeweißen Gardinen waren ihre Umrisse zu sehen. Don Luis kam näher. Magdalena hatte sich mit dem Rücken zu ihm zur Tür hin bewegt, den Blick fest auf die Zeiger der Uhr gerichtet. Sie wollte diesen Raum schnellstmöglich verlassen, doch ehe sie die Tür öffnen konnte, war ihr, als sei der Geruch des Raumes noch intensiver, noch unangenehmer geworden, und sie hielt inne. Da fühlte sie Don Luis' Atem hinter sich. Sie drehte sich um. Die Augen von Señor Bulnes waren den ihren zu nahe. Er machte noch einen Schritt auf sie zu, ein elektrischer Schlag durchzuckte ihre Brust, ihre Knie wurden weich. Don Luis beugte sich vor und küsste sie mit Lippen, die ihr zu feucht vorkamen. Trotz des Aufruhrs in ihrem Kopf konnte Magda nicht reagieren, sie ließ es geschehen, eine Ewigkeit, wie ihr schien. Sie hätte am liebsten losgeweint, sich übergeben, doch sie hielt sich zurück aus Respekt vor Don Luis Bulnes, dem Vater ihrer Freundinnen, ihrer einzigen Freundinnen, den ihre Eltern so respektierten und bewunderten, dem ernsthaften, strengen Gelehrten, der im Ausland studiert hatte, dem Moralisten, dem Anwalt, der ihr jetzt ins Ohr flüsterte, damit es seine Frau und Töchter nicht hörten, die hinter dem Fenster im Garten lachten.

»Du bist so schön, Magdalena, dass es magisch ist, dich über die Straße gehen zu sehen, und jeder Mann, der ein echter Mann ist, wäre von dir verzaubert.«

Magdalena stand immer noch reglos da. Jetzt glich sie vielleicht tatsächlich einer Marmorstatue.

»Und ich weiß, dass du mich heimlich beobachtest«, sagte Don Luis. »Ich habe dich gesehen.«

Es stimmte, Magda beobachtete ihn, aber ganz und gar nicht, wie es ihm lieb gewesen wäre. Als sie wieder in der Lage dazu war, drehte sie sich um und griff nach dem Türknauf. Wie aus weiter Ferne hörte sie Don Luis' Stimme, oder vermeinte zu hören, wie er sie bat, noch ein wenig zu bleiben, doch das kann Magdalena nicht mehr bezeugen, denn zu diesem Zeitpunkt war ihr Kopf bereits leer, ihre Ohren waren belegt, und sie hörte nur noch den gedämpften Nachhall ihrer Schritte, erst auf den polierten Fliesen des Wohnzimmers der Bulnes, dann auf dem Gehsteig, schließlich auf dem unebenen Zementboden bei sich zu Hause, wo sie direkt in ihr Zimmer ging, in ihr Bett. Vor sechs Uhr schlief Magdalena ein, und am nächsten Morgen, einem Samstag, stand sie erst um zehn Uhr auf, was bei ihrem erstaunten Vater und ihrer besorgten Mutter zur Vermutung Anlass gab, sie sei krank.

Als Magdalena die Augen aufschlug, merkte sie, dass ihr Kopf nicht mehr leer war und sie auch wieder normal hören konnte. Sie erinnerte sich an den seltsamen Traum, den sie gehabt hatte, in dem eine düstere Stimme ihr schreckliche, finstere Worte wie Verwünschungen zuflüsterte. Da hätte sie sich gern etwas Schlimmes gewünscht, vermochte oder wagte es in diesem Moment aber nicht, schließlich war dieser Mann der Vater ihrer Freundinnen, ihrer einzigen Kindheitsfreundinnen.

2

BETRAT MAN DAS GRUNDSTÜCK von der Straße, fiel der Blick zunächst auf die Bambussprösslinge, die eng beisammenstanden wie gebündelt. Daneben führten ein paar Stufen eine Art kleine Böschung hinab. Die Stufen waren nicht mit Zement aufgefüllt, sondern mit einer Hacke in die Erde gehauen. Zur Linken hatte man ein Geländer aus Bambusstangen angebracht. Die Stufen führten zu dem kleinen Haus mit den drei Zimmern, in dem Magdalenas Großeltern mit ihrem jüngsten Sohn, Magdalenas Onkel Mario, lebten. Hinter dem Haus gab es einen weitläufigen Hof, ebenfalls von gelbem Bambus umgeben, und im Sommer erzählte die Großmutter in seinem Schatten Magdalena die Geschichten, die sie von ihrer eigenen Mutter erzählt bekommen hatte. Begebenheiten, die sich, wenn überhaupt, ein Jahrhundert früher zugetragen hatten. Im Winter jedoch legte sich etwas Dämmriges über das Haus und seine Bewohner, und das im Küchenofen prasselnde Feuer erhellte ein Zimmer, das in diesem züngelnden Schein heimelig und geheimnisvoll zugleich wirkte.

Magdalena brachte ihre Großeltern zum Erzählen und tauchte ein in eine Welt mit Kutschen und prachtvollen Gewändern und Juwelen und duftenden Parfums aus exotischen Ländern, mit Banditen, Schlachten, Schatzhöhlen, rauschenden Festen und sechs Tage und Nächte währenden Banketten und Häusern mit Geheimgängen und verborgenen Räumen, in denen utopische Revolutionen ausgeheckt oder Rituale für Götter abgehalten wurden, die so seltsame Namen trugen und so alt waren, dass niemand sich mehr ihrer erinnerte oder sie auch nur zu erwähnen wagte. All das übte eine solche Faszination auf Magdalena aus, dass sie sich mit einem tiefen Wohlgefühl von dieser Welt gefangen nehmen ließ. Sie ging in das Haus des gelben Bambus, wie sie in die Welt der Bücher tauchte, die sie ihrem Vater Leocadio vorlas, nur dass die Bücher erfundene Geschichten enthielten, während die Erzählungen von Großmutter Estebana, wie diese stets versicherte, sich tatsächlich so zugetragen hatten. Und als Magdalena zu arbeiten begann und nicht mehr so oft zum Haus des gelben Bambus gehen konnte, wie sie gewollt hätte, fand sie doch immer Zeit, um zumindest zwei Stunden in der

Woche bei ihren Großeltern und dem Hasen und Rehe jagenden Onkel zu verbringen.

Doch am Tag nach dem Zwischenfall mit Don Luis war ihr ganz und gar nicht danach, ihre Großeltern zu besuchen, obwohl sie alle Zeit der Welt dafür gehabt hätte. Sie wollte keine Geschichten mehr von romantischen Helden und Schreien nach Unabhängigkeit und abenteuerlustigen Urgroßmüttern hören. Sie wollte gar nichts mehr, weder aufstehen noch sich anziehen noch sich an den Tisch setzen noch essen. Ihr ganzer Körper war wie gelähmt, und ihr wurde übel vom Herunterschlucken der Tränen. Besonders taub aber waren ihre Lippen, sie fühlte sie nicht mehr. Es war, als wären sie gar nicht da. Würde sie in den Spiegel schauen, sagte sie sich, hätte sie einen lippenlosen Mund vor sich. So überzeugt war sie davon, dass sie, als sie schließlich aufstand und ins Bad ging, nicht in den Spiegel sehen wollte, aus Angst, ihre Befürchtungen könnten sich bestätigen. Mittags hatte sie noch immer keinen Appetit. Sie nahm ein Buch ihres Vaters und tat, als lese sie darin. Den ganzen Nachmittag brachte sie so zu, unter dem forschenden Blick ihrer Mutter, die sich nichts zu fragen traute.

Es war ein grauer Tag. Kalt und windig. Ohne Vögel. Abends rief ihr Vater sie zu Tisch, und sie fügte sich. Da merkte sie, dass die Lähmung auch ihre Zunge befallen hatte. Sie fühlte sich zäh und klobig an wie ein lebloses Weichtier. Die aufgewärmten Bohnen, die Eier in Tomatensauce, alles schmeckte nach nichts, und der Kaffee war so fad wie das Wasser. Nach dem Abendessen ging sie in ihr Zimmer, um ihren Gedanken und Gefühlen nachzugehen. Sie hatte Angst, an etwas Schlimmem zu leiden. Ein leichter Schmerz in der

Brust stimmte sie besorgt, die Lähmung könnte auch auf ihr Herz übergreifen, und sie wollte ihren Eltern keinen Schmerz bereiten. Das hatten sie nicht verdient, und erst recht nicht aus solch einem Grund.

Später hörte sie ihren Vater nach ihr rufen, sie solle ihm vorlesen. Über eine Stunde lang las sie ihm laut vor, doch auch ihr ästhetisches Empfinden war gelähmt, und es bereitete ihr keinerlei Freude, alles kam ihr abgeschmackt, zusammenhanglos und langweilig vor. Am nächsten Morgen wachte sie um elf auf, noch eine Stunde später als am Vortag. Trotzdem wähnte sie sich mitten in der Nacht, als sie die Augen aufschlug, so ein dunkler Tag war es. Es regnete. Magdalena fühlte sich müde, wollte nicht aufstehen, ihre Brust schmerzte noch ein wenig mehr, das Atmen fiel ihr zunehmend schwer. Sie dachte: »Hoffentlich ist er schon weg. Ich will ihn nicht mehr sehen.« Doch dafür war es noch zu früh.

Leider war ihr damals nicht bewusst, so dachte sie später, dass ihr Wunsch, Don Luis solle fortgehen, sich nicht auf ihn allein beziehen würde; dass er nicht allein gehen würde. Doch Magdalena war außerstande, über ihren Wunsch hinauszudenken, zu ahnen, dass Don Luis Bulnes wenige Tage später seine Frau bitten würde, die Koffer für sie beide und die Töchter zu packen, da sie nach Europa reisen würden, um Rosa zu suchen. Als seine Frau ihn fragte, warum sie alles zurücklassen müssten, um sich auf die Suche nach ihrer Tochter zu begeben, antwortete Don Luis, es müsse so sein, und alle Proteste waren zwecklos.

Wie hätte Magdalena an jenem Freitagnachmittag ahnen können, dass sie ihre einzigen Freundinnen, die Bulnes-Mädchen, mit denen sie ihre ersten Träume geteilt hatte, zum letzten Mal sah? Unversehens zeigte das Leben sich ihr von seiner grausamen Seite. Sie konnte es nicht wissen. An diesem dunklen Morgen konnte sie sich einzig ihrem Wunsch überlassen, jemand möge ihr mitteilen, dieser Mann sei für immer fortgegangen.

Mittags kam ihre Mutter ins Zimmer. Magdalena lag im Bett und starrte zur Decke, die Laken beiseitegeschoben, in einem weißen Baumwollnachthemd mit einem Flicken auf der Brust. Ihr Haar floss wie ein pechschwarzer Fluss mit zahllosen Windungen über das flache Kopfkissen, und ihre Hände waren müde und mürrisch über der Stirn verschränkt. Sie drehte sich nicht zu ihrer Mutter um, als diese eintrat.

»Nun, mein Kind, kann es sein, dass du verliebt bist?«

Bei diesen Worten konnte Magdalena nicht an sich halten und erbrach einen Schwall milchiger Flüssigkeit auf den Boden links neben dem Bett.

»Mein Gott, Kind, du bist ja krank.«

Magdalena schüttelte in Zeitlupe den Kopf. Die Mutter ging hinaus und kam kurz darauf mit etwas Sand wieder, den sie über das Erbrochene streute. Magdalena fühlte sich unverändert schlecht, bis auf die Brust, die etwas weniger schmerzte. Ihre Lippen hatten sich unterdessen zu einem Lächeln verzogen: Magdalena war der kühne Gedanke gekommen, dass es auch seine Vorteile hatte, keine Zunge zu haben, denn so bekam sie wenigstens nichts von dem ekligen Geschmack des Erbrochenen mit.

»Deine Großmutter lässt dir ausrichten«, sagte ihre Mutter, »dass sie seit Freitag auf dich wartet, warum du nicht vorbeischaust, heute sei ein so schöner Tag.«

Magdalenas Mutter setzte sich auf den Bettrand und strich

ihrer Tochter eine lange Weile über das Haar. Plötzlich begann Magdalena, ohne es in den Augen oder auf den Wangen zu spüren, langsame Tränen zu vergießen, die ihre Mutter mit den Lippen auffing, wobei sie das Gesicht ihrer Tochter mit ihren eigenen Tränen benetzte, die nicht so tragisch waren, wie es ihrer Art der Liebe entsprach. Als ihre Mutter ein paar Minuten später gegangen war, merkte Magdalena, dass sie nicht mehr sterben wollte. Sie war sich nicht bewusst gewesen, dass sie diesen Wunsch hegte und er im Begriff war, sich zu erfüllen. Sofort hörte sie auf, es sich zu wünschen. Es war das Einzige, was sie tun konnte. Sie konnte sich nicht wünschen, zu leben, das hätte zu keinem Resultat geführt. Aber sich nicht den Tod zu wünschen, führte schon eine deutliche Verbesserung herbei. Zumindest ließ der Schmerz in der Brust nach, stellte sie später bei Tisch auch fest, dass sie an der Taubheit ihrer Lippen und Zunge nichts hatte ändern können. Egal, was sie aß, es schmeckte nach Schaum, nach nichts. Später ging sie auf den Hof hinaus. Es nieselte. Sie holte sich einen alten schwarzen Regenschirm und verließ das Haus, ohne Bescheid zu geben. Sie wanderte durch die dunklen, menschenleeren Straßen. Wie im Traum hörte sie die Kirchenglocken den Regen übertönen. Nach etwa vierzig Minuten gelangte sie an den Ort, wo der hohe gelbe Bambus wuchs. Seine rachitischen grünen Blätter bebten im Wind, der so sanft blies, wie eine Mutter liebevoll den Atem über den Kopf ihres Säuglings streichen lässt, damit er einschläft. Mit zittrigen Beinen stieg sie die zwölf Stufen hinab; auch am Zustand ihrer Beine hatte sie nichts ändern können, aber ihr Herz schmerzte kaum noch. Sie betrat den Boden aus gestampfter Erde, der Geruch nach aufgewärmten

Bohnen stieg ihr in die Nase, und sie vernahm das Gemurmel von Stimmen im Haus. Sie ging weiter bis zu einer offenen Tür und trat hindurch. Das Zimmer wurde von dem Feuerschein aus dem Küchenofen gewärmt, auf dem die Bohnen kochten. Rings ums Feuer standen vier Holzstühle. Drei davon waren besetzt. Magdalena setzte sich auf den vierten … Und hörte zu:

»Das war in den Zwanzigerjahren«, sagte Doña Estebana gerade, »wir haben es selbst erlebt. Es dauerte nicht lang, aber ich höre noch immer diese Stimme, es war wie ein Zauber. Es gibt nicht viele, die sich daran erinnern. Das genaue Jahr ist uns auch entfallen, aber unser Gedächtnis lässt uns nicht so sehr im Stich, als dass wir nicht mehr wüssten, was damals geschah. Wir waren hier, saßen um ebendieses Feuer. Es war der Weihnachtstag. Ich weiß noch, dass sich als Erstes der Wind erhob, ein so starker Wind, dass einige Bambushalme brachen. Es muss gegen elf Uhr nachts gewesen sein, als wir hörten, dass sein Sausen sich veränderte.«

»Als wäre es nicht mehr derselbe Wind«, ergänzte der Großvater.

»Als habe sich noch eine andere Stimme in sein Brausen gemischt, eine feine Stimme, die immer stärker wurde. Dein Großvater und ich sind auf den Hof hinausgegangen, und da war diese Stimme mit einem Mal ganz deutlich zu vernehmen.«

»Die Bambusstangen wankten, als würden sie allesamt gleich brechen.«

»Und der Sturm brauste, und dann war da diese singende Stimme in der Luft, die mich fast zu Tränen rührte. Eine Frauenstimme.«

»Ich schäme mich nicht zu sagen, dass auch ich beinahe geweint hätte. Ich nahm deine Großmutter fest in den Arm.«

»Ja, er nahm mich in den Arm, und dann war die Stimme so laut, als singe sie direkt neben uns. Es war eine sonderbare Weise, nach wenigen Tagen schon hatten wir sie vergessen.«

»Und konnten uns ihrer nie mehr entsinnen.«

»Nie. Von diesem Lied blieb einzig die Glückseligkeit. Denn das Sonderbare war, dass es einen einfach glücklich machte. Und glaube nicht, wir binden dir einen Bären auf, denn wir waren nicht die Einzigen, die es gehört haben, alle haben es gehört, ungelogen und ohne Übertreibung. Am nächsten Tag sprachen die Leute überall von der Frau, die im Wind gesungen hatte. Und sie sagten, es sei in einer seltsamen Sprache gewesen und dass sie sich glückselig gefühlt hätten wie in Gottes Gegenwart.«

»Ja, lange Zeit sprach man davon.«

»Denn man hatte sie überall gehört, in der ganzen Stadt und noch viel weiter, als man sich vorstellen kann, denn selbst in den Dörfern sagten sie, dass sie sie gehört hätten.«

»Das trug sich in einer Weihnachtsnacht in den Zwanzigerjahren zu, aber die Leute erinnern sich nicht mehr an solche Sachen. Weiß der Himmel, warum Gottes Wirken so schnell vergessen wird.«

»Denn das hatte Gott bewirkt.«

»Genau, und deshalb vergessen sie es. Frag nur einmal nach dem Erdbeben Anfang des Jahrhunderts oder dem Massaker von zweiunddreißig, daran erinnern sich alle. Aber frag sie nach der Nacht, in der eine Frau im Wind sang, das weiß keiner mehr, das ist ihnen wie aus dem Gedächtnis gestrichen.«

Die Großeltern verstummten. Magda hatte ihnen schweigend zugehört und merkte, zum ersten Mal in ihrem Leben, dass sie ihnen nicht glaubte. Sie ertappte sich bei dem Gedanken, dass diese Geschichte ebenso absurd wie unmöglich war. Und dieses Empfinden, diese Gewissheit stimmte sie unendlich traurig. Sie lauschte an diesem Tag noch anderen Geschichten, doch keiner konnte sie mehr glauben. Sie blieb mit ihren Großeltern und ihrem Onkel bis abends am Feuer sitzen, die Minuten, Stunden, der Tag verstrich, und sie erkannte, dass aus irgendeinem ihr unerfindlichen Grund das Haus des gelben Bambus nie wieder dasselbe für sie sein würde, weil jemand ihr Herz mit Dunkelheit angefüllt hatte.

Sechs Monate später sollte Magdalena sich eines Morgens, als sie die Augen aufschlug, an ihren dritten Traum erinnern, und erst dann aufstehen.

3

SIE ZOG EIN KAFFEEBRAUNES zweiteiliges Ensemble an. Einen knielangen glatten Rock und eine Bluse mit hässlichen großen viereckigen Stoffknöpfen. Sie kämmte ihr Haar zu einem Mittelscheitel, besprühte ihren Kopf mit einer Essenz aus Jasmin und Vanille, die sie selbst zubereitet hatte. Sie beträufelte ihre Lippen mit Brombeersaft und verlieh ihren Wangenknochen mit dem Puder, den ihre Freundin Ana Bulnes ihr zum neunzehnten Geburtstag geschenkt hatte, ein wenig Farbe. Normalerweise trug sie keine Strümpfe, doch von ihrem Gehalt kaufte sie auf dem Markt ein Paar Seidenstrumpfhosen und aus Mexiko importierte Schuhe mit Absätzen. Um drei Uhr nachmittags verließ sie das Haus und ging, ohne irgendjemanden auf dem Weg zu grüßen, zum Bahnhof. Es war ein herrlicher sonniger Tag, und die Jasminsträucher ringsum verströmten seit dem Vorabend ihren Duft. Magdalena war sich gewiss. Sie konnte ihre unsichtbare Spur riechen, sie wies ihr den Weg.

DORNRÖSCHEN

I

SIE SAH IHN MIT einem schwarzen Koffer in der Hand aus dem Zug steigen. Er trug einen Anzug mit einer schmalen Krawatte und einen Filzhut, kaffeebraun wie der Anzug. Er ging weiter, ohne sich umzusehen, weil er in dieser Stadt niemanden kannte, nach dem er hätte Ausschau halten können, außer den Nonnen und dem Gärtner aus dem Kloster, aber dort hatte er seine Ankunft nicht angekündigt. Sie winkte ihm vom Bahnsteig aus zu. Er sah es, reagierte aber nicht, in der Annahme, der Gruß gelte jemand anderem.

Der Zug war mit ein paar Minuten Verspätung eingetroffen, und es hatte wiederum ein paar Minuten gedauert, bis die Passagiere ausstiegen. Magdalena war früh dran gewesen. Sie war schon oft zum Bahnhof gegangen, doch immer morgens, und nie hatte sie auf jemanden gewartet. An diesem Nachmittag wimmelte es in der Halle von Menschen, doch ihre Aufmerksamkeit galt vor allem den Frauen, die auf den Bahnsteigen saßen, auf Stühlen neben den Fahrkartenschaltern, oder an einer Säule lehnten. Obwohl sie nichts sagten und auch keine auffälligen Kleider trugen, sah man sie sofort. Selbst von hinten konnte man sie mühelos ausmachen. Magdalena merkte, dass diese Frauen den dunklen Blick derer hatten, die ohne Hoffnung warten, aber dennoch nicht davon ablassen können. Ihre gealterten, von Augenringen entstellten Wangen sahen aus, als wären zu viele Tränen über sie hinabgelaufen. Sie wirkten wie eine Versammlung Gespenster. Magdalena hatte von ihnen gehört, aber sie hatte sie nie zu Gesicht bekommen. Rosa Bulnes hatte einmal gesagt, die Traurigkeit rieche nach Chrysanthemen, weil das der Duft sei, den diese Frauen verströmten. Alle. Niemand wisse, warum. Magda sagte sich, dass Rosa recht hatte.

Es war immer das Gleiche am Bahnhof: Jemand fuhr weg und kam nie wieder. Es waren die Männer, die wegfuhren. Die einen gingen in den Krieg und kehrten nicht zurück. Andere brachen nach Amerika oder Panama auf, um zu arbeiten, von denen kamen nur ein paar wieder. Sie ließen Verlobte oder Ehefrauen, Kinder oder Familie hinter sich. Magda fand, dass es in allen Bahnhöfen immer Herbst sein müsste. Egal, ob draußen Sommer herrschte. Als sie an jenem Tag den Bahnhof betrat und die erste dieser Gespensterfrauen sah, wurde ihr klar, dass dieser Ort anders war, deshalb wunderte sie sich auch nicht über den leichten Nieselregen, der auf dem Bahnsteig fiel.

Ungeduldig schritt sie weiter. Ein Pfeifen ertönte, das wie ein Schnauben klang, ihr aber wie ein aufprasselndes Feuer beinahe von innen die Brust verbrannte. Nach einigen endlos erscheinenden Minuten hielt der Zug und die Passagiere begannen auszusteigen. Sie sah eine dicke Frau mit zwei hübschen blonden Mädchen, die nicht aussahen, als wären sie ihre Töchter. Dann fiel ihr Blick auf eine Gruppe Soldaten, und sie bemerkte, dass einer von ihnen keine Ohren hatte. Sie starrte ihm nach, bis er sich in der Menge verlor. Er wirkte sehr ernst. Magda fragte sich, ob er sein Gehör noch besaß. Als sie klein war, hatte ihre Großmutter einmal gesagt, manche Menschen seien taub, weil sie den Klang des Universums hörten, so wie die Muscheln das Meer in sich trügen.

Daran dachte Magdalena, während sie ihren Blick wieder zurückschweifen ließ. Da stieg ein Mann mit einem kaffeebraunen Hut aus dem Zug. Magdalena winkte ihm sofort zu, doch der Mann beachtete sie nicht.

In ihrer Ungeduld beschloss sie, ihr Schicksal in die Hand zu nehmen, wie in ihrem Traum, denn in allem war sie ihrem Traum gefolgt, in dem sie einen gesichtslosen Mann mit einem kaffeebraunen Filzhut gesehen und von hinten gerufen hatte. Sie ging auf ihn zu. Ohne zu zaudern. Es gab keinen Grund zu zaudern. Sie berührte ihn an der Schulter und er drehte sich um. »Ja?«, sagte er, worauf Magdalena nichts zu antworten wusste. Sie wollte sich nicht lächerlich machen. Würde sie sagen: »Ich habe von Ihnen geträumt«, würde der Mann sie bestimmt auslachen.

Seit dem Kuss von Señor Bulnes hatte Magdalena das Gefühl, sie sei nicht mehr dieselbe, niemand würde sie mehr ansehen, sie fühlte sich hässlich, ihres ästhetischen Empfindens und Schönheitssinns beraubt. Sie begriff nicht, dass sie für die anderen immer noch die gleiche Schönheit besaß wie zuvor und dass es einem Mann, dem Reisenden mit dem Filzhut beispielsweise, herzlich egal war, ob sie stumm oder blödsinnig war, solange sie ihn mit ihren glänzenden Augen ansah und ihm ihr Lächeln schenkte, das besagte, ohne dass sie es selbst merkte: Komm mit mir.

»Ja?«, wiederholte er, doch sie sagte wieder nichts.

»Ist etwas? Suchen Sie eine Straße? Dann kann ich Ihnen vermutlich nicht helfen, ich bin gerade erst eingetroffen und kenne mich hier nicht aus. Ich komme aus Panama. Ich stamme zwar von hier, bin aber früh weggegangen, habe auch nie in San Salvador selbst gelebt. Sind Sie von hier?«

Magdalena nickte.

»Sind Sie auch gerade angekommen?«

Sie schüttelte den Kopf.

»Ich wollte gerade zum Ausgang gehen«, sagte er. »Sagen Sie mir doch, was Sie brauchen, und ich sehe, ob ich Ihnen helfen kann.«

In dem langen Schweigen, das darauf folgte, ging eine der Gespensterfrauen mit einem Taschentuch vor dem Mund wortlos zwischen ihnen hindurch. Sein Blick folgte ihr, Magda beobachtete ihn.

»Verzeihung«, sagte er, »was sagten Sie?«

»Nein«, wisperte Magda, doch er verstand sie nicht.

»Verzeihung, was sagen Sie?«

Da sprach sie ein wenig lauter.

»Nichts, ich habe nichts gesagt.«

»Sind Sie eine von denen?«, fragte er. »Denn für den Fall, dass Sie mich mit jemandem verwechseln, möchte ich Sie darauf hinweisen, dass ich niemanden zurückließ, als ich ging. Sollten Sie auf jemanden warten, dann bin ich es ganz sicher nicht.«

»Nein«, sagte Magda. »Ich bin keine von ihnen.«

»Also?« Er stellte den Koffer auf den Boden.

»Ich bin keine von ihnen, aber ich habe Sie tatsächlich mit jemandem verwechselt. Entschuldigen Sie.«

Magda drehte sich um und ging weiter.

»Señorita«, rief er ihr fast unverzüglich nach. Sie drehte sich um. »Können Sie mir eine Unterkunft empfehlen? Kein Hotel, eher eine Pension. Reinlich sollte sie sein, sonst ist mir alles recht.«

»Eine saubere Pension?«, wiederholte Magda.

»Ja.«

Magda hatte drei Träume in ihrem Leben gehabt. In einem von ihnen, dem letzten, war dieser Bahnhof und dieser Mann vorgekommen. Ein gesichtsloser Mann, der wie dieser Unbekannte gekleidet war und sich nach einer Unterkunft erkundigte. Plötzlich hatte sie den Eindruck, ihn seit Langem zu kennen. Etwas in ihr erwachte. Sie fand ihn nicht gut aussehend. Nicht einmal ansatzweise. Aber sie fühlte, dass er zu ihr gehörte.

»Ich kenne eine«, sagte Magda. »Ich bringe Sie hin.«

»Gut«, sagte er und nahm seinen Koffer.

Sie traten aus dem Bahnhof in einen sonnig warmen Tag und durchquerten die Stadt wie Fremde. Sie kauften bei einer Straßenhändlerin kandierte Früchte und setzten sich in einen Park, um sie zu essen. Sie hörten die Glocken der Candelaria-Kirche halb fünf schlagen. Sie sahen eine Gruppe frommer Frauen über den Gehsteig huschen, wie Phantome in schwarzen Kleidern mit Spitzenbesatz, die Gesichter von dunklen Kopftüchern umrahmt.

»Seit Jahren habe ich keine kandierte Kokosnuss gegessen«, sagte er.

»Probieren Sie die Chilacayotes, aber die festen Stücke, die sind am besten.«

Er probierte und stimmte ihr zu. Um fünf Uhr nachmittags hörten sie wieder die Glocken, der Wind drehte, und der Himmel füllte sich mit Tauben.

»Wie heißen Sie?«, fragte er.

»Magdalena«, antwortete sie und ließ sich gegen die Lehne der Bank sinken, auf der sie saßen. »Und Sie?«

»Vicente Sánchez«, sagte er, gefolgt von einem Schweigen,

denn seit Langem hatte er niemandem mehr seinen ganzen Namen genannt, und als er ihn aussprach, stiegen eine Menge Bilder in seinem Kopf auf, die er gern vergessen hätte, aber für den Rest seines Lebens nicht vergessen würde.

»Und was tun Sie hier, Vicente Sánchez?«, fragte Magda. Vicentes Schweigen dauerte nicht ganz so lang wie zuvor.

»Ich weiß nicht genau, was ich hier tue, und es klingt vielleicht komisch, aber vor einigen Tagen habe ich das plötzliche Bedürfnis verspürt, hierherzukommen. Es war sehr eigenartig. Ich habe hier nie gelebt. Viele Jahre habe ich in Santa Tecla verbracht, dort bin ich bei den Nonnen zur Schule gegangen, dort ist meine Mutter vor Jahren gestorben, aber nicht dorthin zog es mich, sondern hierher. Was ich hier soll? Ich weiß es nicht … Ich weiß es nicht, und ich will jetzt noch nicht darüber nachdenken. Ich habe etwas Geld von meinem Gehalt gespart, davon müsste ich ein paar Monate leben können, und in dieser Zeit suche ich mir eine Arbeit. Diese Ersparnisse waren eigentlich für etwas anderes gedacht, wissen Sie.«

»Wofür?«

»Ich wollte eine Landkarte kaufen, aber nicht irgendeine Landkarte. Eine Schatzkarte.«

Magda hörte gespannt zu.

»Und warum haben Sie es nicht getan?«

»Das kann ich Ihnen nicht sagen«, erwiderte Vicente. »Aber ich kann Ihnen sagen, dass dieses Geld letztlich doch dazu bestimmt war, mich zu einem Schatz zu führen.«

Sie lächelte. Die Glocken läuteten wieder, die der Candelaria-Kirche und die der Kathedrale. Sie dachte, dass ihre Stadt zu klein für so viele Kirchen war. Er dachte an nichts. Er rückte nur näher an sie heran, bis er ihren warmen Atem spürte, und küsste sie überaus linkisch, mit tumben Lippen, doch zutiefst gerührt stellte er fest, dass Magdalena so unendlich süß schmeckte wie die festen Stücke der Chilacayote.

Magdalena Dornröschen hatte den Geschmackssinn an einem Nachmittag 1950 verloren und erlangte ihn fast sechs Monate später, an einem Aprilnachmittag 1951, unter lautem Glockengeläut wieder, durch das Wunder eines ebenso tölpischen, unverhofften wie unvergesslichen und wunderbaren Kusses. Für immer sollten Vicentes Lippen für sie nach kandierten Früchten schmecken. Ein Geschmack, der ihr so viele Jahre gegenwärtig bleiben würde, dass sie, als sie sich von ihm verabschieden musste und seine bebenden Lippen sie küssten – nicht mehr wie der junge Mann, dem sie dank eines Traums in einem Bahnhof begegnet war, sondern als ihr Gatte, der in Dünsten aus Schweiß und Medizin im Sterben lag –, das köstliche Gefühl jenes Nachmittags wieder in sich trug, den Geschmack von kandierter Kokosnuss und Chilacayote, denn es sind diese einfachen Dinge, die bleiben, vielleicht nur sie.

2

WIR WAREN BEIDE UNBERÜHRT, sagt sie beiläufig. Ich unterbreche sie nicht, und sie erklärt mir, deshalb habe ihre Liebe – wenn man das aufreibende Gefühl, das in ihnen brannte, so nennen kann, für mich ist es einfach banales Verlangen – sie dazu gebracht, sich einander in einem fast leichtsinnigen jugendlichen Überschwang hinzugeben, obwohl er damals schon einunddreißig Jahre alt war und sie zwanzig, geprüfte

Lehrerin und mit einer Vollzeitstelle in einer Schule in der Hauptstadt. Es dauerte nicht lange, bis die flüchtigen Küsse ihnen nicht mehr genügten, die sie sich zwischen den Geschichten über andere Leute aus anderen Zeiten gaben, zum Läuten der Glocken, das ihnen immer durchdringender vorkam. Doch bevor Vicente sie zu dem Haus mitnahm, in dem er wohnte, und sie das erste ihrer fünf Kinder zeugten, fragte ihr Vater sie, was vor sich gehe. Magda hatte ihm an diesem Tag lange vorgelesen. Als sie das Buch beiseitelegte, es war schon nach zehn, fragte Leocadio sie, was es mit dem Klatsch auf sich habe, den Doña Margarita überall verbreite.

»Welcher Klatsch?«, fragte sie.

»Mit dem diese alte Schwachsinnige deiner Mutter gekommen ist. Dass man dich mit einem Mann spazieren gehen gesehen hat.«

Magdas Schweigen beantwortete die Frage ihres Vaters.

Von dem Tag, an dem sie Vicente am Bahnhof kennengelernt hatte, bis zu dem Abend, an dem ihr Vater sie nach ihm fragte, waren etwas mehr als drei Monate vergangen. In dieser Zeit hatte Vicente eine Stelle als Versicherungsvertreter gefunden, und er hatte ein kleines Haus im Viertel San Jacinto gemietet. Magdalena half ihm dabei, ein einfaches Gasstövchen zum Kochen zu kaufen, ein Bett, einen Esstisch mit Stühlen, zwei Korbsessel fürs Wohnzimmer, Besteck, Geschirr und Töpfe, alles von Vicentes Ersparnissen. Dieses erste Häuschen hatte zwei Zimmer, ein Bad, eine Küche, ein Wohnzimmer mit einem durch eine Holzwand abgeteilten Essbereich und einen Patio mit Waschtrog und Wäscheleine.

Magdalena wollte das Haus anfangs nicht betreten. Es vergingen zwei Monate, bis sie sich dazu durchrang. So lange war sie mit Vicente nur abends durch die Parks und am Wochenende ins Kino gegangen, hatte bei Anbruch der Dunkelheit etwas mit ihm gegessen oder mit ihm die Messe gehört. Bei der einen oder anderen dieser Gelegenheiten hatte Doña Margarita sie zusammen gesehen. Und eines Vormittags traf sie im Markt auf Magdalenas Mutter.

»Ich mische mich ja eigentlich nicht in Dinge ein, die mich nichts angehen, aber passen Sie auf Ihre kleine Magda auf.«

»Was meinen Sie damit?«

»Ich sage ja nur.«

»Wenn Sie mir etwas zu sagen haben, Doña Margarita, dann tun Sie es besser gleich und bringen mich nicht zum Grübeln.«

»Na schön, wenn Sie unbedingt wollen. Ich habe Magda mit einem jungen Mann gesehen, und ich will Sie nicht alarmieren, aber ich habe die beiden nicht nur einmal gesehen, sondern schon öfter, immer so gegen fünf, und ich will Ihnen keinen Kummer bereiten, aber sogar Küsschen haben sie sich gegeben.«

»Na so was«, sagte Magdas Mutter erstaunt, dass ihre Tochter kein Wort hatte verlauten lassen.

Sie dachte lange darüber nach und kam schließlich zu dem Schluss, dass es besser war, Don Leocadio in Kenntnis zu setzen, der später seine Tochter darauf ansprach.

»Doña Margarita sagt, sie hat dich mit einem jungen Mann gesehen«, sagte Don Leocadio.

»Du weißt doch, was das für eine ist. Aber ich will dich nicht anlügen, ja, ich habe einen jungen Mann kennengelernt, aber wenn ich kennengelernt sage, meine ich das auch, ich lerne ihn immer noch kennen.«

»Sieh mal einer an«, sagte Leocadio. »Ich habe nicht vor, dir irgendetwas zu verbieten, du bist inzwischen eine erwachsene Frau, aber dass du heimlich spazieren gehst, gefällt mir nicht.«

»Ich gehe nicht heimlich spazieren, sondern auf offener Straße.«

»Du weißt, was ich meine, Magdalena, das weißt du sehr wohl, denn du hast weder deiner Mutter noch mir irgendetwas von dieser Sache erzählt, von einer Nachbarin mussten wir es erfahren, sonst wüssten wir immer noch nichts.«

»Aber ich bin doch gerade dabei, herauszufinden, ob es sich lohnt, ihn euch vorzustellen. Wenn es sich nicht lohnt, warum sollte ich ihn dann nach Hause bringen?«

Leocadio bat darum, den Verehrer seiner Tochter kennenzulernen, was Magda mit der Begründung ablehnte, sie wisse nicht, ob das angemessen sei, sie kenne ihn noch nicht gut genug. Am Ende des Abends verbot Don Leocadio ihr nach langen Diskussionen, besagten jungen Mann wiederzusehen, ehe sie ihn nicht zu Hause vorgestellt hätte. Er werde ihr schon sagen, ob es sich um einen ehrlichen Menschen handele, sollte es darum gehen, denn er sei selbst ein Mann und könne andere Männer einschätzen, sie habe also keine Entschuldigung. Magdalena fügte sich und ging schlafen. Aber sie fügte sich, weil sie nicht länger diskutieren wollte, nicht, weil sie die geringste Absicht hatte, ihrem Vater Folge zu leisten, zumindest nicht zu diesem Zeitpunkt, auch wenn sie eigentlich niemand war, der Dinge heimlich tat; sie hätte Vicente irgendwann schon zu Hause vorgestellt, dazu kam es aber dann aufgrund der späteren Ereignisse nicht mehr.

Am nächsten Tag traf sie ihn früher als sonst. Einen Monat zuvor hatte Magdalena sich ein Kleid in einem Warenhaus im

Zentrum gekauft. Ein beigefarbenes, dreiviertellanges Kleid mit Faltenwurf und herzförmigem Ausschnitt. Das zog sie an diesem Tag an, legte Rouge und flammroten Lippenstift auf, beides von einer amerikanischen Kosmetikfirma und im selben Warenhaus erstanden wie das Kleid, und tupfte sich Jasminessenz in den Nacken. So ging sie morgens zur Schule. Unter dem Kleid trug sie nur einen Unterrock. Ich bemerke eine Vitalität in ihr, wie ich sie bislang nicht kannte, mir ist fast, als hätte ich das junge Mädchen von damals vor mir und nicht den Schatten auf dem reglosen Schaukelstuhl in den Tiefen eines Zimmers hinten im Hof, oder im Abgrund eines Abgrunds, was in diesem Fall auf das Gleiche hinausläuft. Ich sehe sie und höre sie erzählen, und für einen Augenblick, für diesen einen ungewohnt langen, innigen Augenblick, ist sie nicht mehr der Schatten, der sich in der Stille verliert, die kaum unterbrochen wird von ihrer Stimme und ihrer Erzählung, von ihrem Wunsch, Zeugnis von etwas zu geben, von einem Vermächtnis fantastischer Geschichten, deren Protagonisten niemanden mehr interessieren außer ihr, weil die heraufbeschworenen Gefühle nicht mehr existieren, vor zu langer Zeit erloschen, ihr allerdings durch eine unbegreifliche Magie, die nichts mit der Magie zu tun hat, über die sie zu verfügen vorgibt, einen Hauch der Leidenschaft wiederbringen, durch die sie sich einmal frei fühlte, die sie dazu brachte, allen Widerständen zum Trotz für das zu kämpfen, woran sie glaubte. Und jetzt überrascht mich diese Beichte doch, verblüfft mich ihre schamlose Offenheit, und ich frage mich, wer diese Frau tatsächlich ist, dort in dem Halbdunkel, das aus ihr selbst hervorzugehen scheint, in diesem Nebel, der das Zimmer beherrscht wie die Finsternis das Innere eines

Sarges. Wer ist sie? Das frage ich mich und habe keine Antwort darauf, während sie weiterspricht und ich schweigend zuhöre, wie sie erzählt, dass sie den ganzen Tag darauf achtete, den Lippenstift nicht zu verwischen, die Beine nicht zu kreuzen, wenn sie am Pult vor ihren Drittklässlern saß, ihre Haare nicht zu zerzausen, sich nicht übermäßig zu bewegen, damit kein Schweißgeruch sich über ihr selbst gemachtes Parfum legte. Den ganzen Vormittag fühlte sie sich nervös, doch nachmittags war sie plötzlich ganz ruhig und sogar ein wenig ungeduldig. Sie hatte beschlossen, zum ersten Mal sein Haus zu betreten.

Als sie dort eintrafen, fand sie sich inmitten von Rosen wieder, die auf dem Boden verstreut lagen. Beim ersten Schritt rutschte sie auf einem Stängel aus und verstauchte sich den Knöchel. »Gütiger Gott«, war alles, was Vicente hervorbrachte, als er sah, wie seine künftige Geliebte mit einem unerwartet lächerlichen Aufschrei durch die Luft segelte.

»Hast du dir sehr wehgetan?«, fragte er, ehrlich betrübt.

»Nicht sehr, aber ich glaube, ich habe mir den Knöchel verknackst, wahrscheinlich ist er morgen blau.«

»Es tut mir so leid, das wollte ich nicht.«

Vicente hob sie auf und trug sie zum Bett. Meine Großmutter sagt, sie hätten ein wenig gelacht. Mehr sagt sie nicht. Was folgte, wird verschwiegen. Sie kehrt in ihr Versteck zurück, der Augenblick der Freiheit ist vorbei. Sie starrt in die Dunkelheit, die nur sie kennt, und es ist zwecklos, nachzufragen, weil sie mir nichts mehr sagen wird und ich es auch nicht wissen will. Doch man kann sich das Zimmer leicht vorstellen, in dem sie sich befanden, dämmrig im letzten Licht des Nachmittags, durchdrungen von dem Rosenduft, wo sie die altbekannten Glocken hören, in der Ferne nun, und einander ertasten, ohne wirklich zu wissen, wie oder was sie tasten sollen, um es zufriedenstellend zu machen, oder vielleicht sogar ein wenig mehr als das, sich vom Verlangen leiten lassend.

An diesem Nachmittag gewann sie die Sicherheit, dass dieser Mann ihr Schicksal war. Es war, als öffnete sie eine Tür und träte hindurch. Vielleicht hatte sie es schon vorher geahnt, aber nicht mit dieser Gewissheit. Sie wusste, dass es nicht einfach werden würde, doch dass sie nicht ohne diesen Mann würde sein können.

3

ALS MAGDALENA AN DEM Tag, an dem Vicente und sie sich zum ersten Mal geliebt hatten, nach Hause kam, saß Don Leocadio am Esstisch und wartete auf sie.

»Woher kommst du?«, fragte er.

»Ich war spazieren«, antwortete sie und sah ihm in die Augen.

»Spiel nicht mit dem Feuer, Mädchen, ich bin nicht deine Mutter. Deine Brüder fragen nach dir, sie sagen, dass du dein Leben auf der Straße zubringst, was das soll.«

»Du bist schon genau wie Señor Bulnes.«

»Es ehrt mich, mit jemandem verglichen zu werden, der so anständig ist, eine Schande nur, dass seine Töchter es ihm so schlecht vergelten.«

»Eine Schande? Eine Schande für die Töchter, denen er nichts erlaubt.«

»Verflucht noch mal«, erhob Leocadio die Stimme. »Für wen haltet ihr euch denn? In welcher Welt lebt ihr eurer Meinung nach?«

»Eben darum geht es, Papa«, sagte Magdalena. »Rosita hat nicht gedacht, sondern gefühlt, was wesentlich besser ist, und hätte sie sich aufs Denken beschränkt, säße sie noch immer bei sich zu Hause im Hof und hörte ihren Vater über ihre Bilder schimpfen.«

»Ach, jetzt ist also Don Luis der Böse, dann ist es also ganz gleichgültig, dass der arme Mann sein Hab und Gut verkauft und den Ozean überquert hat, um seine Tochter zu suchen, das ist also gar nichts; deine Mutter hat mir schon erzählt, dass du undankbare Person dich nicht einmal von ihnen verabschieden wolltest, trotz allem, was sie für dich getan haben. Jetzt zählt also nur noch dieser Hurensohn, dessen Bekanntschaft du machst, wie du sagst. Aber verkaufe deine Brüder und mich nicht für dumm, denn du wirst uns noch kennenlernen.«

Die Bulnes waren an einem Morgen im Mai abgereist. Señor Bulnes hatte seine Kanzlei geschlossen und die beiden Häuser verkauft, die er bis dahin vermietet hatte, dazu einige Grundstücke, die er zum Meer hin besaß. Das Haus, in dem er mit seiner Frau und seinen Töchtern lebte, wollte er nicht verkaufen, weil er beabsichtigte, irgendwann wiederzukommen, spätestens, um hier zu sterben, wie er mehr als einem Freund und Bekannten anvertraute, und neben seinen Eltern begraben zu werden.

Ana und Magdalena hatten sich ein letztes Mal im Park vor der San-Jacinto-Kirche getroffen. Sie hatten sich in den achteckigen Pavillon gesetzt, der damals in der Mitte des Parks stand. Es war zur Mittagszeit, und außer vereinzelten verschämten Pärchen und ein paar Vagabunden waren die Wege leer. Sie hatten sich zu einem kleinen Picknick verabredet. Magdalena hatte zwei Hühnerbrüste mit Zwiebeln vorbereitet und auf dem Markt frische Tortillas gekauft. Ana hatte Reis mit Gemüse gekocht und frittierte Bananen mitgebracht. Während sie aßen, dachten sie zurück an alte Zeiten, an die Illusionen, die sie gehegt hatten, an die Männer, von denen sie geträumt hatten.

»Jetzt gehe ich weg und habe Vicente gar nicht kennengelernt«, sagte Ana.

»Ich hätte ihn dir gern vorgestellt, aber der Arme arbeitet unentwegt.«

»Du hättest mit Vicente zu uns kommen sollen, dann hätte mein Vater dir bestimmt nichts mehr wegen Rosa gesagt.«

»Vielleicht hätte er nichts gesagt, aber ich geniere mich, das weißt du. Dein Vater hält mich für Rosas Komplizin.«

»Mein Vater ist ein verbitterter Mensch.«

Es war beinahe fünf, als Ana Bulnes Magdalena zum Abschied umarmte. Der Park war inzwischen voller Menschen, und ein paar Burschen mit Gitarren, klapprigen Geigen und einem primitiven Cello mit zwei Plastiksaiten hatten sich in dem Pavillon aufgestellt, um Musik zu machen, weshalb die beiden Mädchen aufgestanden und über die Wege geschlendert waren. Ein sachtes Schweigen hatte sich zwischen ihnen eingestellt, weil es so gut wie nichts mehr zu sagen gab. Ana schwieg, weil sie ihre Freundin nicht überzeugen konnte, am nächsten Tag zu ihrem Haus zu kommen und sich zu verabschieden, Magdalena schwieg, weil sie ihrer Kindheitsfreundin nicht sagen konnte, dass ihr hochgeachteter Vater in Wirklichkeit ein Dreckskerl war. Als die Glocken von San

Jacinto die Fünf-Uhr-Messe ankündigten, blieben sie stehen und umarmten sich fest.

»Weißt du, Ana, Rosa geht es ganz bestimmt gut, ich spüre das.«

»Wenn du es sagst, dann glaube ich es auch, du täuschst dich bei solchen Dingen nicht.«

»Und weißt du noch etwas? Ich glaube, dass ihr nicht mehr wiederkommt, das spüre ich auch.«

Ana hatte nicht den Mut, ihr zu antworten, denn sie wussten, dass Magdalena solche Sachen nicht einfach so sagte, und das erfüllte sie mit großer Angst. Sie machte einen Schritt von Magdalena fort, nahm sie bei den Schultern, sah ihr in die Augen und sagte, ohne es selbst zu glauben: »Du weißt, dass ich dir schreiben werde, aber ich werde dir ein einziges Mal schreiben, und zwar, um dir unsere Rückkehr anzukündigen, denn was das betrifft, liegst du falsch, wir werden gerade dann zurückkommen, wenn du es am wenigsten erwartest.«

Sie gingen auseinander, und Magdalena wusste, dass sie Ana Bulnes nie mehr wiedersehen würde. Sie war gewiss, dass niemals ein Postbote einen Brief von einer gewissen Ana Bulnes bringen würde, die ihr von irgendeinem Ort in Europa schrieb, um ihre Rückkehr anzukündigen, damit sie am Bahnhof, am Hafen oder am Flugplatz auf sie wartete, eine Willkommensfeier vorbereitete. Ihre Freundin ging für immer. Und war es auch nicht ihre Absicht gewesen, so trug sie doch die Schuld daran.

Das Leben ist schrecklich, aber das erfuhr sie erst am Tag ihres ersten Kusses, in jenem Augenblick, der für immer einen dunklen Fleck auf ihrer Seele hinterlassen würde. Doch wie hätte sie es auch früher erfahren sollen, bis dahin hatte sie mit offenen Augen geträumt, verhangen in den Büchern ihres Vaters und den Geschichten ihrer Großmutter Estebana im Haus des gelben Bambus. Sie hätte es nicht wissen können. Und als Magdalena an diesem Nachmittag Ana Bulnes nachsah, wie ihre kleiner werdende zarte Gestalt sich auf der Straße entfernte, die plötzlich so viel länger wirkte als gewöhnlich, erkannte sie, dass das Glück sich bisweilen unwiderruflich verflüchtigt und Jugendträume wie Kinderfreunde sind, die man aus den Augen verliert. Aber das Leben ist ein ewiger Übergang, und es geht weiter, dachte sie, immer noch optimistisch, und sie dachte auch an Vicente, der sie bereits erwartete, und sie wollte daran glauben, dass in seinen Armen alles herrlich sein würde, und darin täuschte sie sich zumindest nicht ganz, denn eine Zeit lang war es das. Doch wie hätte sie sich damals vorstellen können, dass viele Jahre später eine Frau, deren Schönheit und Lieblichkeit spurlos verblüht waren, all das einmal ihrem Enkel erzählen würde, einem Schatten mit Augen, der in einem kalten Zimmer auf dem Boden neben ihrem Bett saß, von dem ein stechender Geruch nach Urin ausging, und ihr zuhörte wie in einem finsteren Bann, so wie sie früher ihrer Großmutter Estebana gelauscht hatte, in dem Haus des gelben Bambus, wie es genannt wurde, das jedoch inzwischen auch nur noch eine Erinnerung war, denn an seiner Stelle stand inzwischen ein kleines Einkaufszentrum, in dem dicke Verkäufer mit schrillen Stimmen die Angebote der Woche ausschrien. Sie konnte es nicht wissen. Und hätte sie es gewusst, hätte sie sich vermutlich die Augen ausgeweint.

4

MIT DER ZEIT KAMEN Don Leocadio die Gerüchte zu Ohren, dass seine Tochter Magdalena in dem Haus eines Mannes ein- und ausging. Nicht nur Señora Margarita sprach davon, auch andere Nachbarinnen hatten Magdalena gesehen. Außerdem hatte sich seine Tochter verändert, sie glich nicht mehr dem Mädchen, das sie noch wenige Monate zuvor gewesen war.

»Papa, ich werde heiraten.«

Don Leocadios bleiches Gesicht entflammte, als er das hörte, trotzdem setzte er sein Abendessen fort, als hätte er seine Tochter nicht gehört. Magdalena stand vom Tisch auf und ging in ihr Zimmer. Ihre Ankündigung wurde totgeschwiegen. Eine Woche später, an einem von Magdalena mit Entsetzen erinnerten Dienstag, erreichte sie die Nachricht, dass ihre Brüder Vicente aufgesucht hatten, um mit ihm abzurechnen. Jemand hatte ihnen verraten, wo Vicente arbeitete, und es kam zu einem ungleichen, feigen Kampf. Zu dritt passten sie ihn morgens in einem Park in der Nähe seines Büros ab. Wortlos fielen sie über ihn her. Vicente konnte sich nicht zur Wehr setzen. Zwei Fußtritte in die Kniekehlen ließen ihn vornüberfallen, seine Wange platzte unter einem Fausthieb auf, ein weiter Tritt in den Rücken drückte ihn zu Boden. Vicente hielt sich die Arme vors Gesicht, während die drei jungen Männer auf ihn einschlugen. Einer brach ihm mit einem schmerzhaften Fußtritt zwei Rippen, ein anderer schrie ihm ins Ohr, er solle sich von ihrer Schwester fernhalten, der dritte boxte ihm mit der Faust auf die Arme. Alles geschah in wenigen Minuten, und als man im Büro durch die

Schreie einiger Frauen aufmerksam wurde und ihm zu Hilfe eilte, suchten die Angreifer das Weite.

Ein Kollege brachte den Verletzten im Auto zum Rosales-Krankenhaus, ein anderer ging zur Schule, um seiner Verlobten Bescheid zu geben. Magdalena dachte sofort an seine Zähne. Es war das erste Bild, das ihr in den Sinn kam: Vicente ohne Vorderzähne, sein Lächeln verwandelt in eine Grimasse. Sie verfluchte ihre Brüder, während sie zum Krankenhaus eilte, verfluchte sie und bemühte sich gleichzeitig, sich nicht etwas zu Schreckliches für sie zu wünschen. Aber sie konnte und wollte sich nicht daran hindern, ihre Brüder zahnlos zu sehen, ihr weiches rosa Zahnfleisch voller Lücken, die Zähne auf dem Boden vor den Kneipen verteilt. Ihnen etwas Schlimmeres anzuhängen wagte sie nicht, schließlich waren es ihre Brüder, und auch wenn sie zu Hause nie zu mehr nutze gewesen waren, als anderen das Leben schwer zu machen, waren sie immer noch ihre Brüder.

Keine sechs Monate nach dem Vorfall mit Vicente fielen dem jüngsten der drei, Mario José, nacheinander acht Zähne aus, vier unten und vier oben, alle vorne, kein Backenzahn. Einen Monat später erging es Alberto Antonio, dem mittleren, ebenso, und wenige Wochen darauf José Ramón, dem ältesten. Da vergaßen die drei fassungslosen Brüder, vor allem Ramón, der kurz vor der Hochzeit stand, die christlichen Grundsätze, die ihre Mutter Estebana und ihre Großmutter Estabana Jesusa ihnen eingebläut hatten, und suchten Doña Alicia auf, um sie zu fragen, ob sie irgendetwas tun könne. Zunächst dachten sie, sie seien krank. Ein Nachbar hatte ihnen gesagt, beim Skorbut fielen einem die Zähne aus, aber die Brüder hatten sonst keinerlei Symptome, weder Fieber noch

Schüttelfrost noch Schwellungen oder Appetitlosigkeit. Also blieb nur, was sie sich anfangs zu glauben geweigert hatten, dass ihnen jemand einen bösen Fluch angehängt hatte. Doña Alicia bestätigte es ihnen.

»Ihr verliert eure Zähne, weil ihr für etwas bezahlt. Man hat euch mit einem Fluch belegt, das ist sicher, und ich kann nur verhindern, dass euch noch mehr Zähne ausfallen, aber die fehlenden kann ich euch nicht mehr ankleben, das könnte nicht einmal der größte aller Hexer.«

Doña Alicia badete sie in einem Gebräu eigener Herstellung, strich mit Zweigen über sie hinweg, murmelte dabei Sprüche in unbekannten Sprachen und gab ihnen kleine Beutel mit Holzsplittern, die sie zu Tee aufkochen sollten. Sie erklärte ihnen, es handele sich um Holzsplitter von magischen Bäumen, von Eschen, Birken und über fünfhundert Jahre alten Kapokbäumen, von Pinien, die im Nebel auf unzugänglichen Berghängen wuchsen. Als die drei ihr Haus verließen, waren sie überzeugt davon, Opfer eines Fluchs geworden zu sein. Und alle nahmen an, dass es mit Vicente zu tun hatte, aber an Magdalena dachten sie nicht. Auch wenn sie seit dem Zwischenfall nicht mehr mit ihnen sprach, war sie doch ihre Schwester, und keine Sekunde kam ihnen der Gedanke, sie könnte schuld an ihrem Unheil sein. Ihr Verdacht richtete sich deshalb einzig gegen Vicente. Er war ein Fremder. Bekannt war nur, dass er aus dem Dschungel von Panama gekommen war. Was er dort getan hatte oder warum er zurückgekehrt war, wusste niemand. Ihn umwehte ein äußerst verdächtiges Geheimnis. Und konnten sie auch nicht sagen, ob Vicente selbst sie verhext oder jemanden damit beauftragt hatte, zweifelten sie doch nicht daran, dass er der Verantwortliche war. Sie mussten deshalb auf der Hut vor ihm sein, so verhasst er ihnen auch war, erst recht, seit Magdalena zu ihm gezogen war, weil sie schwanger war.

Am Tag der Schlägerei wollte Magdalena nicht mehr zurück in ihr Elternhaus. Vom Krankenhaus ging sie zu Vicentes Haus. Sie wusste bereits, dass sie schwanger war. Während sie an diesem Abend im Bett saß und sich voller Verachtung die Prügelszene vorstellte, wurde ihr klar, dass ihr nichts anderes übrig blieb, als einen Entschluss zu treffen, der ihr entsprach. Und das tat sie. Sie bemühte sich nicht einmal, ihren Eltern mitzuteilen, was sie beschlossen hatte, sie ordnete Vicentes Sachen, beantragte beim Erziehungsministerium die Versetzung in eine Schule fern der Hauptstadt und begann mit den Vorbereitungen für den Umzug. In weniger als einem Monat waren sie bereit, fortzugehen. Vicente sagte nichts dazu. Er hatte nichts zu sagen und wollte nichts sagen, er wollte sich von dem Schwung dieser energischen jungen Frau mitreißen lassen, die sich um ihn kümmerte, wie sich in seinem ganzen Leben niemand um ihn gekümmert hatte, weder seine Mutter noch die Nonnen, bei denen er als Kind gewohnt hatte, und erst recht keiner der Menschen, die er in Panama kennengelernt hatte.

»Ich habe eine Stelle in der Schule von Los Planes bekommen«, sagte Magda eines Abends. »Du musst uns dort ein Haus suchen.«

»Ich suche eines, aber gib mir etwas Zeit.«

»Zeit haben wir keine, du wirst dich beeilen müssen.«

Vicente suchte auf seine Art: So oft er konnte, nahm er den Bus nach Los Planes und wanderte durch die Straßen des Ortes, bis er dieses Haus hier fand, umgeben von Bäumen –

die damals noch nicht so dichte Schatten warfen wie heute – und dem feinen Nebel, der wie ein Umhang sacht aus ihnen herabsinkt, ohne je den Boden zu erreichen. Dorthin gingen sie, doch bevor sie gingen, klopfte Magdalena an Doña Margaritas Tür.

»Ah«, sagte Doña Margarita, als sie Magdalena vor sich sah.

»Ah, ja. Ich gehe weg mit meinem Mann, nicht derselbe, mit dem Sie mich gesehen haben, einer der drei, die ich habe, ich wollte es Ihnen nur sagen, damit Sie es meinen Eltern erzählen können, Sie binden ihnen doch immer alles auf die Nase. Und noch was: Tratschen Sie nicht so viel, sonst scheißen Ihnen die Tauben noch mal das Haus voll.«

Damit drehte sie sich um und ging. Doña Margarita schaute ihr mit offenem Mund verdattert nach und sagte sich, dass diese Göre doch unmöglich an der Sache mit dem Taubendreck schuld sein konnte, die sie schon fast vergessen hatte. Und kaum hatte sie sich von dem Schreck erholt, eilte sie zu Don Leocadio und träufelte ihm ihr Gift in die Ohren. Er hörte ihr mit undurchdringlicher Miene zu, den Blick auf die feuchten Augen seiner Frau Estebana gerichtet, und dachte: In meinem Leben werde ich kein Buch mehr vorgelesen bekommen. Doch dem war nicht so. Denn obschon er viele Jahre nichts las außer den wenigen Zeilen, die seine müden Augen zu entziffern vermochten, kehrte sehr viel später, als ihn der Krebs ans Bett fesselte, für einen Monat seine Tochter Magdalena zurück – die Kinder der Fürsorge von Vicente und einem Dienstmädchen überlassend – und las ihrem Vater vor. Das tat sie nicht nur abends, sondern auch tagsüber, und gemeinsam fuhren sie wieder den Mississippi hinunter, folgten sie einem weißen Wal über die Meere, schlossen sie sich englischen Rittern an, lieferten sie sich Schlachten mit den römischen Heeren und trieben sie Horden von Wikingern in die Flucht ... Es waren schöne, magische Momente in einem Raum, der abends vom mystischen Schein der Kerzen erfüllt wurde, die nicht nur ihre Gesichter erhellten, sondern auch die der Heiligen auf den ringsum aufgestellten Postkarten, in den Duft der Rosenstöcke gehüllt, die im Garten des Hauses verkümmerten, weil niemand mehr nach ihnen sah.

Dann kam der November und warf sein Licht auf sie, das in diesem Jahr hell und matschig war wie über einem Schneefeld.

Don Leocadio de Jesús war von seiner Frau, seinen drei Söhnen und seiner Tochter umringt, als eines Nachts seine Pupillen leer wurden und er die Augen für immer schloss. Draußen verwandelte sich das, was einmal sein Garten gewesen war, die traurigen welken Rosen, in eine Art kalten Nebel, der langsam zum Himmel aufstieg wie ein Schattendunst. Ein heller Vollmond streute sein Licht für einen Moment auf den wilden Jasmin, dessen Duft niemand außer Magdalena zuordnen konnte. Sie weinte nicht, die ganze Szene rückte in die Ferne, während sie sich daran erinnerte, dass es ihr Vater gewesen war, der ihr beigebracht hatte, dass Jasmin nur nachts duftet. Ihr fiel ein, dass sie ihn nie gefragt hatte, warum dem so war oder was für eine Bedeutung es hatte, und dass sie es zu gern getan hätte, damit er ihr seine Version des Phänomens erzählte. Aber es war zu spät, ihr Vater lag bleich wie das Morgengrauen vor ihr, so tot wie seine Rosen, die in seinem einstigen Garten zu kaltem Nebel geworden waren.

DAS ZIMMER

I

BEI IHRER ANKUNFT FANDEN sie ein verwahrlostes Grundstück mit wucherndem Gras und herumliegendem Müll vor, an dessen hinterem Ende sich ein quadratischer Raum aus rohen Ziegelsteinen befand, ohne Tür und Fensterrahmen, mit einem spitzen Schindeldach, zwischen denen dünne Dornenstängel mit winzigen Blättern und duftlosen kleinen weißen Blüten sprossen. Der Boden der Kammer war aus gestampfter Erde, und als Magdalena sie an jenem Tag betrat, ertappte sie eine Familie Feldmäuse, die in den Tiefen eines halb vergrabenen Tontopfes ihr Nest gebaut hatte, und fragte Vicente, ob er das ernst meine, ob er tatsächlich an diesem Ort leben wolle, worauf er antwortete, als Erstes werde er natürlich diese elenden Mäuse entfernen. Magdalena und Vicente blieben keine halbe Stunde dort, doch als sie gingen, wussten sie, dass sie an diesem Ort bleiben wollten. Ihnen gefiel das ganzjährig gemäßigte Klima und die Stille, denn Los Planes war damals noch viel kleiner als heute, und die Häuser standen in Abständen voneinander entfernt. Vor allem aber gefiel ihnen die Vegetation: Wenige Schritte von dem Grundstück entfernt begannen die waldigen Ausdehnungen des Naturparks Balboa.

Das Grundstück war verlassen, aber es hatte einen Besitzer. Als Vicente sich im Rathaus erkundigte, sagte man ihm, es gehöre einer Frau namens Fausta Ramos, sie wohne in San Salvador, er solle sie aufsuchen, vielleicht wolle sie es nicht einmal verkaufen, sondern gleich verschenken, denn seit Jahren habe man dort niemanden gesehen. Eines Nachmittags nach der Arbeit suchte Vicente besagte Fausta Ramos auf, eine alleinstehende Frau von neunundachtzig Jahren, die kaum noch gehen konnte. Doña Fausta erklärte ihm, sie habe keine nahestehenden Verwandten und ja, sie erinnere sich an das Grundstück in Los Planes, es habe ihrem Mann gehört, der ihr das Haus vermacht habe, in dem sie lebe, und andere Grundstücke in Santa Ana und in Sonsonate, dazu noch ein paar Häuser, die sie für ihren Lebensunterhalt vermiete; das Bankkonto ihres verstorbenen Mannes habe sie kaum je angerührt, mal sehen, wem sie das hinterlassen würde, denn ihre Neffen hätten sie seit Langem vergessen, aber das würde sie dem Anwalt nicht sagen, sonst würde der sich am Ende noch gütlich tun. Sie wollte fünftausend Pesos für das Grundstück, und als Vicente sagte, das sei zu viel, obwohl es das nicht war, ging sie auf fünfhundert herunter, denn Zeit, das Geld auszugeben, bleibe ihr ja ohnehin nicht, aber auch wenn sie das Geld nicht brauche, müsse sie niemandem etwas schenken, ihr habe schließlich auch nie jemand etwas geschenkt, außer ihrem Mann; und wäre ihr Mann noch am Leben und würde sie um etwas bitten, würde sie es ihm geben, aber da Vicente nicht ihr Mann sei, werde sie ihm auch nichts umsonst geben. Sie verabredeten, sich drei Tage später zur gleichen Uhrzeit wiederzusehen. Doña Fausta versprach ihm, ihr Anwalt werde die Kaufurkunde vorbereiten, und sollte Vicente tatsächlich über das Geld verfügen, wie er gesagt habe, solle er kommen und den Handel abschließen. Drei Tage später kaufte Vicente das Grundstück.

Nicht im Traum hätte Magdalena sich vorgestellt, dass ihr Mann, ein einfacher Angestellter, in der Lage wäre, ein Stück

Land zu kaufen und ein Haus darauf zu bauen. Er hatte bis dahin nie erwähnt, wie viel Geld er gespart hatte, und sie hatte ihn nie danach gefragt. Mein Großvater Vicente hatte einige Jahre am Kanal von Panama gearbeitet, und da er weder Frauen noch Laster hatte, legte er so gut wie alles beiseite. Manchmal aß er nicht einmal zu Abend, um das Geld zu sparen, und er gab auch nicht seine Wäsche zum Waschen, denn er war ein fleißiger Mann, der das selbst tun konnte. Und so sparte er nach und nach eine stattliche Summe zusammen. Wie viel, weiß sie nicht, darüber hat er sich während all der Jahre, in denen sie verheiratet waren, nicht ausgelassen.

Zunächst rissen sie das Haus ab, das auf dem Grundstück stand, bis auf das Zimmer am Ende des Hofs, und bauten eine Wohnstube, dann ein großes Schlafzimmer mit Bad für sie beide, dann ein großes Esszimmer, dann eine Küche und schließlich neben ihrem Schlafzimmer drei weitere Zimmer mit Bad. Vor den Eingang des Hauses pflanzten sie Blumen, die Pancitos genannt wurden, eine Gattung zwischen Margeriten und Sonnenblumen, leuchtend gelb und mit einem süßlichen Duft, der meinen Großvater Vicente an den Garten des Klosters erinnerte, in dem er seine Kindheit verbracht hatte, weil dieser voller Pancitos gewesen war.

Es war Ende März, als sie das Haus bezogen. Der schönste Moment des Tages war damals der Abend, wenn Vicente von der Arbeit kam, sie das Abendessen bereiteten und im Schein der Lampe aßen, die sie in die Mitte des kleinen Holztischs stellten. Es gab bereits elektrisches Licht, aber sie zogen immer noch den gelblichen Schimmer der Gaslampe vor, die Vicente als altmodischen Tand billig in einem Laden in der Stadt erstanden hatte, weil sie Magdalena so gut gefiel.

Einmal fragte Magdalena ihren Mann, ob noch etwas von den Ersparnissen übrig sei, von denen er gesprochen hatte, und er antwortete ihr, etwas sei schon übrig. Darauf wollte sie wissen, ob es viel sei, und er antwortete, viel sei es nicht, aber wenn sie etwas brauche, würde er sehen, was sich machen ließe. Da sagte sie ihm, dass sie wieder schwanger sei. Das trug sich ebenfalls im März zu, und sechs Monate später erzählte Magdalena ihrem Mann zum ersten Mal von den magischen Fähigkeiten, die sie zu besitzen vorgibt. Sie waren gerade fertig mit dem Abendessen, draußen tobte ein fürchterlicher Sturm, und mein Großvater Vicente erzählte von den Köchinnen im Kloster und den Vanilleflans, deren Zubereitung er als Junge bei ihnen gelernt hatte. Da unterbrach sie ihn.

»Ich habe ein Problem«, sagte sie. »Es ist ernst.«

Vicente legte das Stück Banane, das er gerade in den Mund stecken wollte, wieder auf den Teller. Der Tonfall seiner Frau überraschte ihn. Die Düsterkeit in ihrer Stimme. Er sah sie an und wartete, dass sie weitersprach, ihm sagte, was sie zu sagen hatte.

»Ich habe heute erfahren, dass José Ramón vor einer Woche Zahnprothesen eingesetzt bekommen hat. Goldzähne. Sie haben ihm die acht eingesetzt, die er verloren hatte, und noch in derselben Nacht sind alle acht wieder ausgefallen.«

Vicente hörte seiner Frau stumm zu, etwas beruhigter bereits, denn war die Sache mit den Zähnen auch bemitleidenswert, sah er doch nicht, warum sie seiner Frau Probleme bereiten sollte.

»Erinnerst du dich, wann Mario José seine richtigen Zähne ausfielen?«

»Nein, und es kümmert mich auch nicht.«

»Vor fast zwei Jahren, kurz vor unserer Hochzeit, und danach fielen sie Alberto und José Ramón aus.«

Vicente wartete weiter darauf, dass seine Frau etwas sagte, das der Rede wert sei. Doch auf das, was dann kam, war er nicht gefasst.

»Es ist meine Schuld. Ich bin schuld daran, dass meinen Brüdern die Zähne ausgefallen sind. Verstehst du?«

»Nein, das verstehe ich nicht. Was sollst du damit zu tun haben?«

»Ich habe mir gewünscht, dass ihnen die Zähne ausfallen, und sie sind ihnen ausgefallen.«

»Hast du jemanden damit beauftragt?«

»Nein, das ist es nicht.«

»Was ist es dann?«

»Was ich dir sage. Sie sind ihnen ausgefallen, weil ich es wollte.«

»Dann ist es meine Schuld, wenn diese Schwachköpfe von einem Zug überfahren werden, denn das ist noch das Glimpflichste, was ich ihnen gewünscht habe.«

»Aber das meine ich nicht. Ich werd dir jetzt etwas erzählen, vielleicht glaubst du mir dann …«

Also erzählte Magdalena ihrem Mann von dem Taubendreck und der verrückten Pizpireta und anderen Vorfällen mehr, bis sie bei der Sache mit ihren Brüdern anlangte. Als sie ihn verprügelt hätten, habe sie ihnen diese Strafe gewünscht, und sie habe sich erfüllt. Sie habe sie dazu verdammt, für den Rest ihres Lebens bis zur Lächerlichkeit entstellt zu sein. Sie fühle sich dafür schuldig und finde keinen Frieden mehr.

»Du bist eine brave und durch und durch gute Frau, fleißig

und liebevoll. Ich kann nichts Böses in dir entdecken, keine winzige Spur.«

»Aber es ist da«, sagte sie ernst.

»Es mag sein, wie du sagst, denn ich glaube dir, ich glaube, dass du diese Fähigkeit in dir trägst, aber es ist nicht gerecht.«

»Ich weiß nicht.«

»Was sollst du nicht wissen? Du hast eine reine Seele, das weiß ich, das fühle ich, und dein Körper und dein Geist sind ebenfalls rein, deshalb meine ich, es ist nicht gerecht, was dir geschieht, denn wer hat nicht schon einmal einem anderen etwas Schlimmes an den Hals gewünscht, dass dem Deckskerl, der uns dieses oder jenes angetan hat, dieses oder jenes passiert? Wer hat das nicht schon einmal verspürt?«

»Aber was ich verspüre, geschieht, und das ist entsetzlich. Du hast ja keine Ahnung, wie oft ich schon Gedanken unterdrücken musste oder mit dieser Angst gelebt habe.«

»Mit der Angst, jemandem etwas Böses zu wünschen?«

»Ja.«

»Das ist lächerlich. Und ungerecht …«

»Aber warum ungerecht? Von wem? Gott?«

»Dazu sage ich nichts, ich sage nur, es ist ungerecht, dass es dir so geht, Magdalena. Wir alle wünschen uns manchmal solche Dinge, und dann geht es wieder vorbei und wir haben unseren Frieden.«

»Aber ich kann mir diesen Luxus nicht erlauben.«

»Warum wolltest du es mir denn überhaupt erzählen? Das frage ich mich.«

»Wegen der Kinder. Ich wollte nicht noch ein Kind von dir bekommen, ohne dass du über mich Bescheid weißt, deshalb wollte ich es dir sagen und meinen Frieden haben. Aber ich finde keinen Frieden, mein Bruder tut mir so leid, egal, wie dumm er sich verhalten hat. Ich fühle mich schlecht, Vicente, so schlecht. Weißt du, wie es ist, sich schlecht zu fühlen? Nein, du kannst dir nicht vorstellen, wie das ist.«

»Wenn es stimmt, was du sagst, trägst du keine Schuld. Ich will nichts weiter dazu sagen, aber dass eines klar ist: Es ist nicht deine Schuld. Richtig? Es ist nicht deine Schuld.«

»Ich weiß nicht.«

»Doch, du weißt es, du weißt, dass es nicht deine Schuld ist. Sag es mir …«

»Ich weiß nicht, vielleicht habe ich wirklich keine Schuld, aber ich will nicht etwas sagen, woran ich nicht ganz glaube.«

»Du hast keine Schuld, ich weiß es ganz sicher. Vertraue meinen Worten, du bist nur ein Opfer der Umstände, das ist alles. Absolut alles.«

2

ALS IHR ERSTES KIND geboren wurde, kam Doña Ursula sie besuchen, die Frau von Don Fausto und später Mutter von Gabrielito, Teresita und Maribel. Sie brachte der Wöchnerin frische Hühnersuppe. Während der Säugling schlief, aßen sie zusammen zu Mittag und unterhielten sich über die Arbeit ihrer Männer und anderen Weiberkram, wie Magdalena sagt, und ich höre eine gewisse Verachtung in dieser Bemerkung mitklingen. Doña Ursula habe immer zu sehr die brave Ehefrau gespielt, ihr Mann dies und ihr Mann das, er möge das Essen soundso, er sehe sie nach fünf nicht gern im Park, er gehe nicht gern in die Kirche. Trotzdem, versichert Magdalena mir, schätze sie sie, habe sie sogar gern. Don Fausto habe fleißig getrunken, aber seine Frau habe ihn immer in Schutz genommen. Na gut, er trinke eben freitags, samstags und sonntags zehn bis zwölf Glas Bier pro Tag, aber das sei nicht weiter schlimm. Sei er einmal betrunken, schlafe er friedlich ein, und außerdem trinke er so gut wie nie unter der Woche, und ganz selten werde er einmal laut oder handgreiflich.

Bei ihrem ersten Besuch vertraute Doña Ursula Magdalena an, dass sie im dritten Monat schwanger sei und eine Hebamme mit dem doppelten Blick ihr gesagt habe, es werde ein Junge. Außerdem versprach sie Magdalena, nachmittags wiederzukommen, um ihr bei der Hausarbeit zu helfen, was Magdalena dankend ablehnte, da ihre Mutter auf dem Weg zu ihr war, dafür lud sie Ursula zum Kaffee ein. Am nächsten Tag kam Ursula mit einer Schüssel Suppe für drei, auch für Magdas Mutter, meine Urgroßmutter, von der eine vergilbte Fotografie existiert, auf der sie frontal in die Kamera schaut, ohne zu lächeln, weißes Kopftuch, traurige Augen. Ein einziges Foto in einem alten Fotoalbum, das ich als kleiner Junge einmal gesehen habe. Ich trank gerade ein Glas Milch, als sie den dicken Wälzer vor mich legte und sagte, sie werde mir ihre Mutter zeigen, die Ende des neunzehnten Jahrhunderts auf die Welt gekommen sei, als es noch kein Fernsehen und keine Farbfotos gab, als die Straßen noch aus Kopfsteinpflaster waren und die Straßenlaternen mit Gas beleuchtet wurden und von einem Laternenmann abends angezündet und morgens ausgemacht wurden. Das alles hat sie mir an jenem Tag erzählt, während sie mit mir das Album voller Fotos von mir unbekannten Personen durchblätterte, deren Anblick sie sehr bewegte. Das ist der Sohn von der und der, das ist der

Neffe zweiten Grades von Onkel Soundso, und die hier war die Nichte und diese da die Frau von einem ihrer Brüder. Doch lange vor diesem Tag, als meine Urgroßmutter noch keine vergilbte Erinnerung war, brachte Doña Ursula Suppe für drei, eine starke Rinderbrühe mit Gemüse, in die sie Zitronensaft und Chilisauce träufelten. Nachmittags kam sie mit drei Scheiben süßem Brot zurück, meine Urgroßmutter kochte Kaffee, und sie setzten sich zur frischgebackenen Mutter ans Bett, die ihrem rosigen Säugling die Brust gab, der so bildhübsch war wie ihrer Meinung nach alle Babys, und sie unterhielten sich über die Männer. Auch von Don Leocadio war die Rede, der bereits erkrankt war, und meine Urgroßmutter sagte, so streng er auch mit den Kindern umgegangen sei, ihr sei er immer treu gewesen, Frauen hätten dafür ein Gespür, worin Ursula ihr recht gab und ihnen anvertraute, sie wisse sehr wohl, wenn ihr Fausto etwas mit einer anderen habe, zweimal sei das ihrem Gefühl nach passiert, aber beide Male schnell vorbei gewesen, und alles in allem sei ihr Fausto nicht so schlimm wie andere Männer, und sie sei keine Furie wie manch andere Frau, die sich wegen solcher Dinge mit ihren Männern zankte, sie sei so klug gewesen, ihn tun zu lassen, was er wollte, und deshalb würde ihr Mann sie nie verlassen. Dann fragte sie Magdalena nach Vicente, und Magdalena antwortete, sie glaube auch, dass man Untreue spüre, aber dass Vicente in dieser Hinsicht seltsam sei oder vielmehr wohl schlicht treu, so weit sie das im Gefühl habe. Daraufhin sprachen sie von Vicentes schönem neuem Automobil und wie er es fertiggebracht habe, so etwas zu kaufen, was Magdalena mit den Ersparnissen erklärte, die er während seiner vielen Jahre in Panama beiseitegelegt habe; später kam Doña

Ursula auf diese Ersparnisse zurück und wollte wissen, wie hoch sie seien, ihr Mann habe fast zweitausend Pesos auf dem Bankkonto, doch der Wahrheit entsprechend antwortete ihr Magdalena, sie wisse es nicht, denn auf ihre diesbezüglichen Fragen habe er nicht geantwortet.

Einige Monate später kam Doña Ursulas erster Sohn Gabriel auf die Welt. Da war es Magdalena, die Hühnerbrühe mit Zwiebeln, Sellerie, Kartoffeln und klein geschnittenen Karotten und einem Schuss Sahne zubereitete und der Wöchnerin brachte, was einem weiteren Gespräch über die Männer Anlass gab. Don Fausto sei glücklich, sagte seine Frau, weil sein Erstgeborener ein Junge sei, er habe sich mit seinem Compadre Luis Esteban betrunken, habe den Wassertrog im Hof ausgeleert und mit Bier und Eis gefüllt. Sie war stolz, wie ihr Mann zu feiern wusste. Stolz, einen Sohn geboren zu haben. Stolz, dass ihr Mann so vergnügt war. Sie erklärte, das Kind hätten sie Gabriel nach dem Erzengel getauft, denn sie und ihr Mann seien sehr gläubig.

In Magdalenas Erinnerung riecht Doña Ursula nach Babytalkum. Sie versichert mir, das sei nicht nur wegen der Kinder, die sie beide bekommen hätten, dieser Geruch sei für immer an ihr haften geblieben, und sie forderte mich auf, einmal nah an Doña Ursula vorbeizugehen und ihr dann zu berichten, wonach sie rieche, worauf ich antworte, das hätte ich schon getan und sie habe recht, Doña Ursula rieche nach Babytalkum, vor dem ich mich ein wenig ekele. Aber das ist gelogen. Doña Ursula riecht nicht so, sie riecht schlicht und einfach nach nichts, oder vielleicht riecht sie nach etwas, aber das mag irgendeine Körperlotion sein oder ein billiges Parfum, keine Ahnung. Einmal bin ich an ihr vorbeigegangen, da roch sie nach Bier, und ich sagte mir, dass Don Fausto vielleicht getrunken hatte, denn es war Samstag.

Meine Großmutter erzählt weiter, eines Samstagabends habe mein Großvater Vicente sie nach dem Abendessen mit der Frage überrascht: »Hast du mir einmal etwas Böses gewünscht? Ein ganz klein wenig?«

»Niemals«, antwortete sie und wiederholte: »Niemals.«

Zu diesem Zeitpunkt war Magdalena zum dritten Mal schwanger, im siebten Monat bereits.

»Ist etwas?«

»Nichts Bestimmtes, ich hab nur so vor mich hin gedacht.«

»Aber warum fragst du mich so etwas?«

»Ich sage doch, ich habe nur so gedacht ... Mir kam nur gerade, dass es ja nicht immer große Dinge sein müssen, ich nehme an, Kleinigkeiten gehen auch in Erfüllung, wenn du sie dir wünschst.«

»Glaubst du etwa, wir haben keine Kakerlaken im Haus, weil ich sie mir in einer Laune alle weggewünscht habe?«

»Das meine ich nicht.«

»Ich weiß, du hast etwas Schlimmeres gemeint.«

»Ich habe nur aus Neugierde gefragt, ohne böse Absicht.«

»Hast du Angst?«

»Mach doch nicht so ein Tamtam daraus.«

»Nein, das Tamtam machst du, aber das hier ist kein Spiel, begreifst du das nicht? Ich habe diese komische Sache nicht gewollt, aber ich trage sie in mir, sie ist da, ganz real, so real, wie das Böse real ist, und du glaubst, ich würde es zum Spaß benutzen? Dass ich mir wünsche, Vicente soll ganz dringend aufs Klo müssen, während er Auto fährt, und sich in die Hosen machen?«

Vicente grinste.

»Oder«, fuhr Magdalena fort, »solltest du in der Arbeit eine Geliebte haben, dass sie jedes Mal ihre Tage bekommt, wenn ihr miteinander schlafen wollt, nur um euch einen Strich durch die Rechnung zu machen? Glaubst du das?«

»Aber was sagst du denn da!«

»Das sage ich, ja.«

»Es war nur eine Frage, eine simple Frage, und du machst eine Riesensache daraus, es ist doch wirklich nicht so wichtig.«

»Nicht so wichtig? Denkst du wirklich, für mich ist das nicht so wichtig? Nicht so wichtig. Wie der letzte Dreck lässt du mich fühlen, wie der letzte Dreck.«

»Magdalena«, sagte er betroffen.

»Nichts Magdalena, komm mir nie wieder mit so etwas, respektiere meinen Schmerz, denn auch wenn du es nicht glaubst, ist die tägliche Angst, ich könnte jemandem Leid zufügen, ein Schmerz, genauso wie der Gedanke, dass ich meinen eigenen Brüdern etwas zugefügt habe, vielleicht sogar eine arme Verrückte auf dem Gewissen habe.«

Die Kinder wachten von den lauten Stimmen auf, und der Kleinere begann zu weinen. Magdalena stand auf und ging ins Kinderzimmer. Vicente blieb am Tisch sitzen. Es war fast Mitternacht, als Magdalena aus dem Kinderzimmer in ihr Schlafzimmer kam. Es war eine kühle, windige Nacht. Ein paar Stunden zuvor hatte es geregnet, und es würde wieder regnen. Die Fenster des Zimmers standen offen, die Vorhänge waren aufgezogen. Vicente lag auf dem Bett, im trüben Schein der Lampe. Magdalena legte sich neben ihn, umarmte ihn, schlang ihre Beine um seine und sagte:

»Versprich mir nur eines, aber versprich es mir.«

»Was?«

»Versprich mir, dass du mich nie wütend auf dich machst.«

»Wie soll ich dir das versprechen?«

»Ich meine nicht irgendeine normale Wut. Ich meine, du sollst nie etwas so Schreckliches tun, dass ich dieses Etwas in mir spüre. Du weißt ja nicht, wie sehr mich das ängstigt, seit ich dich kennengelernt habe.«

»Die Angst, mir ungewollt etwas zuzufügen?«

»Ich habe Angst, dass ich irgendwann einmal wütend werde, wie jeder einmal wütend wird, und dich fortwünsche, und sei es auch nur für einen winzigen Augenblick, dass aber dieser winzige Augenblick dich von mir entfernt. Das ist meine größte Angst.«

Einmal wünschte sich Magdalena doch, ihr Mann würde gehen. Da waren die Kinder schon fort, und er war krank. Mein Großvater Vicente wurde in seinem Leben von zwei Krankheiten heimgesucht: In den letzten Monaten seines Lebens zerfraß ihm der Krebs den Magen, und die Arthritis verkrümmte seine Beine, Arme und vor allem Hände. Es kam der Moment, in dem er sich ins Bett legen musste und nichts mehr tun konnte, als unter großem Leiden langsam aufzuhören, ein Mensch zu sein. Sie wollte ihn nicht so sehen, benommen vom Schmerz, nutzlos, jäh gealtert durch seine lange Agonie, und deshalb wünschte sie sich mit aller Kraft, er solle sterben. Doch Magdalena erkannte damals nicht, dass es sich nicht um einen bösen, sondern um einen mitleidigen Wunsch handelte, der in einer tiefen Liebe wurzelte, weshalb er sich nicht erfüllte und mein Großvater Vicente noch lange Monate Schmerzen litt, in dem nach Salben, Medikamenten,

Essensresten, Schweiß und faulem Krankenatem müffelnden Schlafzimmer langsam entglitt.

»Ich verspreche dir, Gott zu bitten, mich nie von dir zu trennen.«

Als es zu regnen anfing, stand Vicente auf, um Fenster und Vorhänge zu schließen.

»Deck dich gut zu«, sagte er zu seiner Frau, und sie tat, wie er sagte. Sie zog die Bettdecke über sich und hob sie für ihn an, und er legte sich neben sie, und eng aneinandergeschmiegt schliefen sie ein, ein Atem, ein Geruch, eine Wärme.

3

SEIN ERSTES WORT WAR *Mama* gewesen, wie hingehaucht, und es sollte auch sein letztes sein. Sie habe es in der unglückseligen Nacht gehört, sagt Magdalena, in der ihre fünf Kinder und ein Schwiegersohn starben, den sie ihren Erstgeborenen nannte. Sie hörte meinen Onkel Joaquín Mama sagen, ganz zart, wie als kleines Kind, und sie bekam eine Gänsehaut. Eine entsetzliche Beklemmung legte sich über ihre Brust, doch schnell redete sie sich ein, es sei nichts.

Ihr zweiter Sohn, Onkel Mario, hatte sein zweites Wort kurz vor seinem zweiten Geburtstag gesagt: *Ango*, zweimal hintereinander, und verdattert sah Magdalena ihn an, denn sie aß tatsächlich gerade eine Mango. Ihre Zwillingstöchter, meine Mutter und meine Tante, brabbelten von klein auf unverständliche Laute, statt zu reden. Magdalena war immer überzeugt, dass ihre Töchter eine Geheimsprache für sich erfunden hatten. Auch Vicente kam es so vor, nur einmal erwähnten sie es kurz. Als Magdalena darauf zu sprechen kommt, bittet sie mich, in den Hof hinauszugehen und mir die beiden auf der Mauer übereinander geschriebenen Namen anzusehen, Blanca über Eva, immer wieder, bis direkt unterhalb der Kante. Ich sage ihr, ich hätte es gesehen, und sie fährt fort, was das bedeute, sei ein Geheimnis zwischen den beiden gewesen, das sie niemandem anvertraut hätten, nur einmal Prudencia, sie selbst habe sie nicht mehr fragen können, erst ein Freund, der zu Besuch gekommen sei, als sie schon tot waren, habe ihr erklärt, was es mit diesen übereinandergeschriebenen Namen auf sich gehabt habe.

»Und was war es?«, frage ich, neugierig, etwas über meine Mutter zu erfahren.

»Es ist eine Geschichte, die mir niemand glauben würde. Vielleicht nicht einmal ich selbst, und du erst recht nicht. Du glaubst mir ja eh nichts.«

»Lassen Sie hören, bitte, erzählen Sie es mir!«

Es gibt zwei Interpretationen, warum der Name meiner Mutter höher steht als der meiner Tante. Die erste ist ganz einfach: Weil sie höher flog. Die zweite ist fast genauso einfach: Weil er direkt unterhalb der Kante geschrieben ist und für meine Tante darüber kein Platz war. Doch den wahren Grund kannte Magdalena nicht. Und erst Wochen nach dem Tod ihrer Töchter erfuhr sie von ihren sonderbaren Fähigkeiten. Deshalb können wir hier nur Spekulationen anstellen. Sie waren sechs Jahre alt, als ihnen klar wurde, dass sie fliegen konnten, obwohl sie es schon lange taten. Eine von ihnen flog eines Nachts von ihrem Bett ins Bett ihrer Eltern, im Nebenzimmer. Als sie sich am nächsten Morgen daran erinnerte, dachte sie, es sei ein Traum gewesen. Das geschah mehrere Nächte hintereinander, und immer dachte sie morgens, sie habe geträumt. Sie wusste nicht, dass es ihrer Zwillingsschwester genauso ging. Bis sie sich eines Tages gegenseitig diesen wiederkehrenden Traum erzählten und feststellten, dass es kein Traum war, sondern Wirklichkeit. Sie beschlossen, es noch einmal auszuprobieren, und vereinbarten, vom Wohnzimmer in die Küche zu fliegen. Am nächsten Morgen waren sie überglücklich, weil es kein Traum gewesen war, weil sie nach Lust und Laune vom Esszimmertisch zur Waschküche im Hof fliegen konnten, von ihrem Bett in die Küche, von der Küche zum Mangobaum, vom Wohnzimmersessel zum Elternbett. Sie fragten sich, wann sie das erste Mal gespielt hatten, sie könnten fliegen. Keine von beiden konnte sich mehr daran erinnern. Es vergingen viele Jahre, ehe es ihnen wieder einfiel. Doch damals nahmen sie an, es sei nicht besonders wichtig.

Die Zeit verging, die Mädchen kamen in die Schule, und ihre Fähigkeit behielten sie als Geheimnis für sich. Unversehens waren sie schon neun, als eine Schwester die andere daran erinnerte, dass sie schon seit Monaten nicht mehr geflogen waren, sie habe Angst, es vielleicht nicht mehr zu können. Der anderen ging es genauso, und sie beschlossen, es zu versuchen. Sie stiegen auf den Esszimmertisch, um in die Küche zu fliegen. Es gelang ihnen problemlos. Sie nahmen sich an der Hand, holten Schwung, stießen sich ab und flogen sanft, wie Möwen über dem Strand, vom Tisch durchs Wohnzimmer, über die Sessel und Beistelltische mit den Blumenvasen hinweg, an den Vorhängen entlang, bis in die Küche, wo sie landeten, um wieder zu Atem zu kommen. Dann flogen sie bis zum Mangobaum, in das Zimmer ihrer Brüder im Hof, zu den nebeneinanderstehenden Betten in ihrem eigenen Zimmer.

Danach vergingen wieder die Jahre, und eines Morgens waren sie dreizehn Jahre alt und merkten, dass sie seit elf oder zwölf Monaten nicht mehr Fliegen gespielt hatten, und eine sagte zur anderen, sie habe Angst, es nicht mehr zu können, und die andere antwortete, sie solle keine Angst haben, sie würden es versuchen, und sie würde schon sehen, wie leicht es sei. Sie beschlossen, vom Elternschlafzimmer ins Wohnzimmer zu fliegen, eine kurze Strecke zum Probieren. Der Versuch verlief zufriedenstellend, sodass sie wieder ihre früheren Flüge aufnahmen, vom Wohnzimmer in die Küche und von der Küche in den Hof und vom Hof ins Esszimmer. Da wurde meine Tante neugierig, wer länger und höher fliegen konnte als die andere, und sie nahm einen schwarzen Schulfüller, sprang zur Hofmauer und hielt sich lange genug in der Luft, um ihren Namen zu schreiben. Zweimal tat sie es. Meine Mutter, die sich anfangs geweigert hatte, machte es ihr nach. Der dritte Name war der meiner Mutter, der vierte und fünfte der meiner Tante, der sechste wieder der meiner Mutter und der siebte der ihrer Schwester. Da war die Mauer zu Ende, aber meine Mutter flog so hoch wie nie zuvor, so hoch, dass ihr Kopf über die Mauer schaute, als stünde sie auf einer Leiter. Und sie schrieb ihren Namen direkt unterhalb die Kante.

Jahre später erzählten die beiden die Geschichte bei einem Abend im Haus von Freunden. Meine Tante sagte, alles habe mit einem Märchen angefangen, und erstaunt stimmte meine Mutter ihr zu, auch sie erinnere es so. Meine Tante erzählte, es sei an einem Oktobertag gewesen, als Doña Prudencia, die sich um sie kümmerte, Milchreis gekocht und den in der Küche sitzenden Kindern Schauermärchen erzählt habe, für die sie eine besondere Vorliebe gehabt habe. Es waren drei Märchen. Im letzten kam eine Fee vor, die die Kinder vergessen machte, dass sie fliegen konnten. Denn Kinder könnten von ihrer Geburt an fliegen, hatte Doña Prudencia ihnen gesagt, doch diese Fee lebe in einem fernen, dunklen Land und nehme den Kindern durch einen Zauber die Erinnerung an diese Fähigkeit, deshalb scheine es so, als könnten nur die Vögel fliegen, aber das sei gelogen. Alle Geschwister waren da, die Jungen hörten nicht so genau hin, doch die Mädchen waren ganz im Bann des Märchens und glaubten jedes Wort, wie es für ihr Alter normal war. Jede für sich beschloss daraufhin, Fliegen zu spielen. Die beiden Schwestern erzählten ihren Freunden auch, dass sie es mit sechzehn noch einmal ausprobiert hätten, auf den Esszimmertisch geklettert seien und so lange gezögert hätten, ob sie springen sollten oder nicht, bis sie ein paar Matratzen vom Zimmer ihrer Brüder vor den Tisch gelegt hätten, für alle Fälle. Dann hätten sie die Arme ausgebreitet und den Sprung gewagt, doch leider seien sie beide sofort auf die Matratzen gefallen.

Danach haben sie es nie wieder versucht.

Meine Großmutter Magdalena hatte sie nie fliegen gesehen, all das erfuhr sie erst von einem jungen Mann namens Pablo Mario, der sie einige Tage nach dem Tod meiner Tante und meiner Mutter aufsuchte und mit ihr ihrer Kinder gedachte. Während er seinen Kaffee trank, sagte er ihr, wie besonders ihre Töchter gewesen seien und dass sie in jener Nacht, in der Nacht der Tragödie, die sonderbarste und schönste Geschichte erzählt hätten, die er in seinem ganzen Leben gehört habe, die Geschichte von zwei Mädchen, die fliegen konnten.

4

ALS DIE ZWILLINGE ZWEI wurden, sagte Magdalena ihrem Mann, sie wolle wieder arbeiten, sie sei es müde, tagein, tagaus im Haus zu sein, sie brauche eine Beschäftigung, sie wolle wieder unterrichten. Mehrere Jahre lang hatte Magda sich nur den Kindern gewidmet. Doch die Aussicht, den Rest ihres Lebens mit Hausarbeit zu verbringen, erschien ihr überaus trostlos. Vicente war einverstanden, dann müssten sie aber ein Dienstmädchen einstellen, das sich um den Haushalt kümmere. Es könne in dem alten Zimmer am Ende des Hofs wohnen, er werde es herrichten. Sie bat ihn, es so bald wie möglich zu tun.

Es war der Raum, den sie bei ihrem ersten Besuch auf dem Grundstück vorgefunden hatten. Er war so gut wie unverändert, bis auf die Feldmäuse, die Vicente vertrieben hatte. Er befand sich hinter dem Mangobaum im Hof, ein paar Meter vom Haus entfernt, und bevor er sich in dieses düstere Zimmer mit dem muffeligen Krankengeruch verwandelte, den sie den Mief des Nebels nennt, war es ein heller Raum, in dem nicht das Dienstmädchen wohnte, wie anfangs geplant, sondern die drei Söhne, die es sehr abenteuerlich fanden, ein Zimmer außerhalb des Hauses zu haben.

»Schau mal, Papa«, hatte Mario gesagt, »und wenn wir der Frau, die sich um die Zwillinge kümmern wird, unser Zimmer geben, und wir bleiben hier?«

»Ja, Papa«, pflichtete Joaquín ihm bei, »das Zimmer hier ist größer als unseres.«

»Werdet ihr auch keine Angst haben?«

»Ach was«, riefen alle drei im Chor.

»Aber Papa, wie kommst du denn darauf?«, sagte José Luis.

»Angst wovor?«, fragte Joaquín.

Da kam Magda hinzu, die Doña Ursula den Raum zeigen wollte. Er war fast fertig: Tonfliesen am Boden, das Fenster verglast und mit Vorhängen versehen, die Schindeln ausgewechselt und mit lackierten Dachbalken gestützt, im Bad ein Klosett und ein Waschbecken mit Spiegel.

»Es muss noch gestrichen werden«, sagte Magdalena zu Doña Ursula.

»Wie hübsch es geworden ist. Sie haben doch ein Händchen, Vicente, sieh einer an, was Sie aus diesem Zimmer gemacht haben.«

»Keine große Sache«, sagte Vicente. »Ein paar Handgriffe.«

»Fausto ist genauso«, sagte Doña Ursula. »Als unser Kühlschrank kaputtging, wollte er ihn nicht zum Reparieren geben, er hat ihn sich selbst vorgenommen, und schon funktionierte er wieder.«

»Und hat keine Probleme mehr gemacht?«, fragte Magda.

»Was für Probleme denn?«, sagte Doña Ursula stolz. »Mein Mann kann so was, und mein Gabrielito schlägt ganz nach seinem Vater, wenn ihr wüsstet, wie wissbegierig er ist.«

»Ich kann es mir vorstellen«, kommentierte Vicente, um etwas zu sagen.

»Und das ist also das Zimmer für das Dienstmädchen?«

»Das sollte es sein«, sagte Vicente, »aber die drei Teufelskerle hier wollen es haben. Denen steht es nach Unabhängigkeit.«

»Werden sie denn nachts keine Angst haben?«, fragte Doña Ursula.

»Das habe ich sie auch gefragt.«

Magdalena sagt, ihre Söhne seien nie ängstlich gewesen und

hätten noch am selben Tag ihre Sachen in das neue Zimmer gebracht. An diesem Abend habe Vicente etwas zur Sprache gebracht, worüber sie lieber nicht mehr geredet hätte, doch sie sah ein, dass es unvermeidlich war.

»Warum bittest du Gott nicht, er solle deine Seele läutern und dir Frieden schenken?«

»Frieden wird es für mich keinen geben«, sagte Magda. »Was ich getan habe, habe ich getan, und ich bereue es, aber das ist ohne Bedeutung, denn ändern kann ich es nicht mehr. So wird es immer sein.«

»Ich glaube, du quälst dich zu sehr.«

»Ich quäle mich nicht, aber meine Brüder sind gestraft, und ich kann nichts dagegen tun. Es ist meine Schuld, dass ihre Gesichter zu Fratzen geworden sind. Man tut sehr wohl etwas Böses, wenn man jemandem etwas Schlechtes wünscht, nur um den eigenen Kummer zu erleichtern, auch wenn es unvermeidlich ist.«

»Ich glaube, du übertreibst das alles. Du warst damals außer dir, das passiert uns allen einmal. Wir malen uns alle die schrecklichsten Dinge aus, wenn so etwas geschieht, aber das dauert fünf Minuten, und dann ist es vorbei. Jedem wäre das so gegangen.«

»Aber die Sache ist, dass ich eine andere Verantwortung trage. Ich durfte dieses Gefühl nicht zulassen.«

»Das meine ich ja. Es ist unmöglich, so etwas zu unterdrücken. Aber deshalb sind die Menschen doch nicht böse, oder?«

»Das ist etwas anderes.«

»Sind sie deshalb böse oder nicht?«

»Nein.«

»Und warum sollst du es dann sein, wenn du nur den gleichen Impuls hattest wie alle anderen?«

»Weil ich das Böse in mir trage und benutzen wollte. Das darf ich mir nicht wünschen. Selbst wenn ich für den Rest meines Lebens bereue, was ich getan habe, ist und bleibt es fürchterlich. Und böse. Ich übertreibe nicht. Sei nicht so naiv zu glauben, dass du das mit deinen Worten ändern kannst. Ich werde mich immer schlecht deswegen fühlen, selbst wenn ich im Recht war.«

Sie fühlte damals etwas Dunkles in sich, fühlt es jetzt mehr denn je. Wenn sie Gelegenheit dazu hatte, ging sie im Wald spazieren, schaute in den Nebel, verspürte die Sehnsucht, sich in ihn zu begeben, als wartete dort jemand auf sie, inmitten dieser von der Düsternis belauerten Regionen, um ihr ein Geheimnis zu enthüllen. Aber sie wagte sich nie hinein. Einmal glaubte sie, in der Ferne, tief im Wald, die Gestalten einer Frau und eines Mädchens zu sehen, unweit eines verlassenen Gebäudes, und sie verspürte keine Angst. Als sie Tage später daran zurückdachte und merkte, dass sie keine Angst gehabt hatte, ergriff sie eine entsetzliche Panik bei dem Gedanken, die fehlende Angst könnte bedeuten, dass sie dazu bestimmt war, sich in diese Finsternis zu begeben, und das wollte sie nicht. In Gegenwart ihrer Kinder fühlte sie nie den Wunsch in sich, in das Schwarze zu tauchen, das in ihr war, denn sie selbst war ein Wald, den sie zu vermeiden trachtete. Es gab einen Ort, an dem ihre Seele sich in ein dunkles Waldstück verwandelte.

»Zu jener Zeit«, sagt meine Großmutter, den Blick in die Schatten des Zimmers gerichtet, »hatte ich Angst, durch diesen Wald zu gehen und nicht mehr herauszufinden. Dieser

Wald ist Finsternis, und in der Finsternis hat nichts Schönes Platz, es gibt dort keinen Jasminduft mehr, nur den Geruch des Nebels. Dein Großvater Vicente wusste das gut, deshalb hielt er mich immer fest an der Hand und betete für mich. Er war es, der mir beibrachte, für mich zu beten. Er hat mich aus diesem fürchterlichen Wald geholt, als das schreckliche Unglück mit meinen Kindern geschah, er ließ nicht zu, dass ich mich verlor, er zeigte mir den Hügel des Lichts. Deshalb wurde ich stumm und blind, als er ging, und alles war verloren. Merkst du, dass ich stumm und blind bin?«

»Manchmal.«

»Ich sage nicht, dass es mich nicht schmerzt, ich bin traurig darüber, aber es ist nicht meine Schuld.«

»Großvater Vicente würde Ihnen das Gleiche sagen.«

»Er ja, aber du nicht, du glaubst mir nicht, du denkst, es war anders.«

»Ich denke nichts Schlechtes über Sie.«

»Du hörst mir zu, aber du glaubst mir nicht. Egal, ich erzähle es dir, weil es notwendig für dich ist. Eines Tages wirst du verstehen, warum.«

An diesem Abend betete ich für sie. Ich wusste nicht recht, wie ich es formulieren sollte, aber ich betete für sie, weil ich mich nicht traute, es nicht zu tun, und es hatte wenig Bedeutung, ob ich ihrer Erzählung Glauben schenkte oder nicht. Ich zwang mich zu glauben, dass alles sich so zugetragen hatte. Und aus irgendeinem, mir wahrscheinlich für immer unerfindlichen Grund, bin ich mir sicher, dass dem so war.

NORDWIND

I

SIE KAM IM OKTOBER, mit den ersten windigen Tagen. Sie trug einen hässlichen schmutzig blauen Koffer in der Hand, in dem sich ihre Habseligkeiten befanden. Zwei lange schwarze Kleider, zwei glatte weiße Blusen und mehrere Fotos von Männern, die sie vor zu langer Zeit gekannt hatte. Sie war damals noch keine fünfzig, und ihr Haar war bis auf ein paar graue Strähnen noch schwarz. An diesem Tag versuchten meine Onkel vergeblich, einen Drachen steigen zu lassen. Sie sagte ihnen, dafür sei der Wind nicht stark genug, sie sollten ein wenig warten, bald werde der Nordwind kommen, mit dem werde der Drachen problemlos fliegen.

»Und wie lange müssen wir ungefähr warten?«, fragte Joaquín.

»Circa eine halbe Stunde«, antwortete sie.

»Glauben Sie nicht, oben auf dem Hügel könnte es klappen?«, fragte Mario.

»Ich glaube nicht. Ihr werdet schon sehen, man braucht mehr Wind dafür.«

»Und woher wissen Sie, dass in einer halben Stunde der Nordwind wehen wird?«, fragte José Luis.

»Von den Bäumen.«

»Von den Bäumen? Wie das?«, fragte Mario.

»Die Bäume sagen, dass später Wind kommt. Ihr wisst doch bestimmt, wie man den Bäumen lauscht, oder?«

»Nein!!«, schrien alle drei.

Sie ließ sich auf dem Boden nieder, die Kinder setzten sich im Kreis um sie herum. Sie erzählte ihnen, wie sie gelernt hatte, zu verstehen, was die Bäume sagten, was die Luft wisperte und warum der Wind manchmal stärker wehte und manchmal nicht.

»Früher wussten die Menschen solche Dinge«, sagte sie, »heute wissen die Menschen nichts mehr und glauben, solche Sachen seien Hexerei.«

»Und sind sie es nicht?«

»Nein, das hat mit Hexerei nichts zu tun, sondern mit dem Wissen um bestimmte Dinge. Hört den Bäumen zu, den Ästen, wie sie buuh, buuuuuuuh machen, das bedeutet, dass sie den Wind rufen, buuuh, und der Wind hört immer auf sie, deswegen wird es bald windig sein, buuh.«

Und etwa eine halbe Stunde später wurde es windig, die Jungen ließen den Drachen steigen und sie sah ihnen zu. Es war ein roter Drachen mit weißen Papierfransen. Sie sagte ihnen, sie habe Drachen sehr gern, ihr Vater habe ihr als Kind beigebracht, wie man sie fliegen lasse. Die Jungen erzählten ihr, ihr Vater bastele die Drachen und lasse sie sonntags auch steigen, da es ein Wochentag sei, arbeite er an diesem Tag jedoch, deshalb seien sie allein. Kurz darauf sagte sie, sie müsse gehen, sie gehe aber nicht weit fort, sie würden sich bald wiedersehen. Die Jungen verabschiedeten sich, ohne sie anzusehen, die Blicke auf den Drachen am Himmel gerichtet, und sie marschierte eine Straße weiter und klopfte an die Tür eines Hauses.

»Guten Tag«, sagte sie.

»Guten Tag«, erwiderte die Frau, die ihr geöffnet hatte.

»Ich suche Doña Magdalena.«

»Ja, was wünschen Sie?«

»Ich habe gehört, Sie brauchen jemand, der nach Ihren Kindern sieht.«

»Wer hat Ihnen denn das erzählt?«, fragte Magdalena.

»Sie werden es mir nicht glauben, wenn ich es Ihnen sage.«

»Sagen Sie es lieber, Sie machen mir Angst.«

»Bitte seien Sie nicht argwöhnisch, dafür gibt es keinen Grund.«

»Ich bin nicht argwöhnisch, aber ich habe das bis jetzt nur mit meinem Mann besprochen und niemandem sonst gegenüber erwähnt. Schickt Doña Ursula Sie?«

»Ich kenne keine Doña Ursula.«

»Woher wissen Sie es dann?«

»Ich habe heute Nacht von Ihnen geträumt, deshalb bin ich hier.«

Das seien Prudencias Worte gewesen, erzählt Magdalena. Und auch, dass Doña Prudencia die wahrhaft wunderbarste Frau gewesen sei, die ihr in ihrem ganzen Leben begegnet sei, und wie sehr sie sie vermisse. Doña Prudencias Hände hätten keine Linien gehabt, aber das musste mir nicht erst meine Großmutter erzählen, ich selbst habe diese Hände gesehen und ihre warmen, glatten, leicht feuchten Handflächen betastet.

»Ihr Schicksal gehörte ihr nicht«, sagt Magdalena und trinkt einen Schluck Kamillentee. »Ihr Leben waren die Menschen, bei denen sie arbeitete, die Menschen, um die sie sich kümmerte. Sie hatte kein eigenes Schicksal.«

Als Vicente am späten Nachmittag von der Arbeit kam, fand er die beiden Frauen ins Gespräch vertieft wie zwei enge Freundinnen, die sich nach langer Zeit wiedergetroffen hatten. Sie standen in der Küche und bereiteten Bohnen und Kochbananen fürs Abendessen vor.

»Guten Abend.«

»Guten Abend, Señor«, sagte Doña Prudencia.

»Vicente, das ist Doña Prudencia, sie wird bei uns bleiben und sich um die Zwillinge kümmern.«

»Ach!«

»Doña Ursula hat sie mir empfohlen«, schwindelte Magda.

»Gut«, sagte er, weil es sonst nichts mehr zu sagen gab. »Hast du ihr das Zimmer gezeigt?«

»Ja, ich habe es gesehen«, sagte Prudencia. »Ich habe auch schon meine Sachen hineingestellt.«

»Ausgezeichnet.«

Vicente ließ die Frauen in der Küche zurück und setzte sich zum Zeitunglesen in den Schaukelstuhl im Wohnzimmer. Prudencia hatte Einzug in ihr Leben gehalten.

2

MAGDALENA SAGT, ICH HÄTTE das Beste verpasst. Weihnachten gehört in diesem Haus der Vergangenheit an. Ich versichere ihr, ich hätte diese Zeit des Jahres nicht so schlecht gefunden, wozu sie meint, als ihre Kinder noch klein gewesen seien, sei das alles noch etwas ganz anderes gewesen.

Mit Doña Prudencia fing Weihnachten Anfang Oktober an, wenn das Schuljahr zu Ende war. Sie nahm die Kinder mit zum Markt, um Äpfel und Pfirsiche zu kaufen, und brachte sie dazu, ihr beim Einmachen zu helfen. Stunden verbrachten die Kinder mit ihr in der Küche. Sie kochten nicht nur Obst mit ihr ein, sondern halfen ihr auch beim Kuchenbacken und bei der Zubereitung von Milchreis und Vanilleflan.

Am liebsten jedoch stellten sie die Krippe aus selbst gemachten Tonfiguren mit ihr auf. Die letzte dieser Krippen gab es an dem Weihnachten, das der Tragödie voranging. Ich war dabei, aber noch ein Baby und kann mich an nichts erinnern. Sie stellten sie vor dem Haus im Garten auf, der heute ein staubiges Areal voller Steine, Abfall und Unkraut ist, damals aber von einem zartgrünen Grasteppich bedeckt war. Die Krippe nahm die gesamten zehn Meter Länge und zwei Meter Breite ein. Es war nicht einfach, dieses Miniaturdorf aufzustellen, das Doña Prudencia, die Kinder und Vicente angefertigt hatten. Auch nicht, nach dem Unglück alles loszuwerden. Magdalena selbst übernahm es, die winzige Welt in eine Schlucht zu werfen: sechs Kisten mit fein gearbeiteten Figuren von Josef, Maria und dem Jesuskind, mit Dutzenden Pferden und Kühen, Hunderten Indios, die mit Judäa nicht viel zu tun hatten, Wagen, Händlern, Gauklern, einem weiß-blauen Zirkuszelt und sogar einer gelb bemalten Löwenherde. Eines Nachmittags stieg sie mit den sechs Kisten in ein Taxi, und als sie an eine Schlucht kamen, die ihr geeignet schien, warf sie eine Kiste nach der anderen hinunter. Sie wollte kein Weihnachten mehr. Meine Großmutter sagt, es sei Doña Prudencia zu verdanken, dass auch in meiner Kindheit etliche Tonfiguren um einen mit bunten Lichtern geschmückten Baum standen, dieser halbe Quadratmeter sei aber nichts im Vergleich zu den prachtvollen Inszenierungen früherer Zeiten gewesen.

Ende November gingen Doña Prudencia und mein Großvater Vicente auf den Markt, um die zwei fettesten Truthähne zu kaufen, die sie finden konnten. Sie brachten auch Mais, Hirse und Futterkonzentrat mit und bereiteten daraus eine Mischung, mit der sie die Tiere den ganzen Monat mästeten. Manchmal gaben sie ihnen auch ein wenig Bier zu trinken, weil es das Fleisch würziger machte, wie sie sagten. Ein Truthahn fehlte nie zu Weihnachten, selbst zu meinen Zeiten, aber zu meinen Zeiten war es auch das Einzige, was es gab, während in der Märchenzeit, wie Magdalena diese Jahre nennt, am fünfundzwanzigsten Dezember zum Mittagessen ein wahres Bankett aufgetischt und für den ersten Januar ein Spanferkel bestellt wurde. Es sei eine Völlerei gewesen, sagt Magdalena. Der Esstisch wurde auf den Hof unter den Mangobaum getragen, mit einer weißen Tischdecke versehen, und in die Mitte kamen Truthähne oder Spanferkel, ein Kuchen, eine Schüssel Reis, ein Blech mit gefüllter Schweinelende, mehrere Salate, Limonaden und Sodagetränke, Erdmandelmilch, Wein für die Erwachsenen, selbst gebackenes Brot, Käse aus einem italienischen Feinkostgeschäft in der Stadt, Berge von Trauben, eingelegten Pfirsichen und etliche Dingen mehr, damit die Kinder sahen, dass es keine größeren Feste gab als die Ankunft des Herrn oder eines neuen Jahres, denn für Vicente war dem so, und für Doña Prudencia auch. Am Weihnachtsabend und zu Silvester gab es außerdem die besten Maispasteten der Welt. Das war Magdalenas Spezialität, und sie machte sie riesig, in jede war eine ganze Hühnerbrust gewickelt.

»Eine ganze Hühnerbrust, ja, und dazu ein hartes Ei, grüne und rote Chilistreifen, Pflaumen und Rosinen. Die Hühnerbrüste wurden in einer dicken Tomatensauce geschmort, und den Maisteig habe ich mit Schweineschmalz und Zucker geknetet. Als du fünf oder sechs warst, habe ich noch einmal solche Tamales gemacht, aber du wirst dich nicht erinnern. Vicente hatte mich darum gebeten. Er war damals schon krank. Danach habe ich sie nie wieder gemacht. Sie haben schreckliche Erinnerungen in mir hervorgerufen, weil meine Kinder sie immer wollten. Joaquín war so verrückt danach, dass er zwei aß, seit er zehn war, und später als Erwachsenen sah ich ihn einmal drei an einem Abend verputzen, und das war nicht wenig.«

Ich war fünf, als Doña Prudencia diese mächtige Tamal in mein Zimmer brachte, die dreimal so groß war wie die Maispasteten der Händler, die samstags durch das Viertel zogen und von denen meine Großmutter sie sonst kaufte. Sie irrt sich in der Annahme, ich erinnerte mich nicht, dieser Tag ist mir ins Gedächtnis geprägt. Ich sehe sie noch in der Küche stehen, sehe die auf dem Tisch verstreuten Bananenblätter, die weiße Füllung auf den Blättern, dann das Huhn, die Rosinen, die Chilistreifen und die Eier, und ich erinnere mich auch, dass Doña Prudencia und ich allein in meinem Zimmer zu Abend aßen, auf einem Tischchen, das wir neben mein Bett stellten, und sie mir die Geschichte von einem ihrer Verlobten erzählte, der im Zweiten Weltkrieg gefallen war. Der arme Einfaltspinsel sei in die Vereinigten Staaten gegangen und dort Soldat geworden, weil er überzeugt gewesen sei, ein Engel habe ihn gerufen. Ich erinnere mich an die Geschichte, weil Prudencia hinzugefügt hatte, es sei der letzte Mann gewesen, den sie wirklich geliebt habe, und hätte sie Linien in der Hand gehabt, wäre er ihr bestimmt gewesen. Ich erinnere mich auch, dass es die köstlichste Tamal war, die ich in meinem ganzen Leben gegessen habe, und ich bin mir sicher, dass diese Überzeugung keine Einbildung und kein Wunschdenken ist.

Magdalena spricht nicht gern von jenen glücklichen Jahren, doch gelegentlich erinnert sie sich an die Lichterketten, die sie im Dezember auf dem Mangobaum und einer Pinie anbrachten. Wenn sie abends eingeschaltet wurden und das Haus erleuchteten, wirkte es tatsächlich wie in einem Märchen. Sie luden die verwitwete Großmutter aus San Salvador ein, sich ein paar Tage bei ihnen auszuruhen und mit Doña Prudencia und Magdalena über alte Zeiten zu plaudern, denn stundenlang konnten sie früherer Jahre gedenken, der Großeltern im Haus des gelben Bambus zum Beispiel, die beide am selben Tag im Jahr '55 gestorben waren, wie schlafende Kinder hatte man sie morgens eng umschlungen in einer Hängematte neben dem Küchenherd gefunden, auf dessen Holzfeuer ein letzter Topf dicker Bohnen kochte.

»Sie waren immer noch verliebt ineinander, als sie starben, wie ich in deinen Vater«, sagte Magdalenas Mutter.

»Das ist ein schöner Tod«, pflichtete Magdalena ihr mit Tränen in den Augen bei, versunken in der Erinnerung an jenes Haus im Wind mit seinen Gerüchen und Geschichten, an die sie nicht mehr glaubte, die ihr aber schöner denn je erschienen, und ohne es gegenüber ihrer Mutter zu erwähnen, dachte sie, dass es doch zu traurig war, wie alles immer verloren ging. Magdalena wusste, dass dem so war, deshalb bemühte sie sich auch, mit ihrem Vicente die kleinen Momente des Lebens zu gestalten und zu zelebrieren, denn es lag nun einmal in der Natur alles Schönen, flüchtig und vergänglich zu sein. Nichts dauerte ewig, weder die Festessen zu Weihnachten noch die Abendessen bei Kerzenlicht am fünfzehnten November, wenn sie ihrer Hochzeit im baufälligen Rathaus von Los Planes de Renderos gedachten, weder die Freitagabende, an denen sie sich ins Kino fortstahlen, noch die Zoobesuche mit den Kindern samstagnachmittags, die dreitägigen Ausflüge in die Berge oder ans Meer oder ihre Besuche jeden August im Kloster von Santa Lucía, wo Vicente groß geworden war und die Nonnen ihnen Gebäck, Flan und Pfefferminztee servierten. Alles ging vorbei. Alles wurde Erinnerung. Sogar das Nebensächlichste, Alltäglichste.

3

ES WAREN DIE ABENDE vor Weihnachten, die in meinen Onkeln die Freude am Singen geweckt hatten. Ihr Vater brachte ihnen die Weihnachtslieder bei, die er als Kind bei den Nonnen gelernt hatte. Onkel José Luis, der eine weiche, wohlklingende Stimme hatte, verliebte sich mit zwanzig hoffnungslos in eine Kommilitonin an der Universität und komponierte wunderschöne Melodien für sie. Ich habe sie nie gehört, dafür habe ich eines der von meinem Onkel Mario geschriebenen Theaterstücke gelesen. Und ich habe ihn auf Fotos von einer Aufführung mit der Theatergruppe der Universität gesehen.

Am Heiligen Abend war Magdalenas Haus voller Musik. Meine Onkel sangen, mein Vater begleitete sie auf der Gitarre. Die letzten Jahre hatte er Weihnachten mit ihnen gefeiert. Er hatte mit José Luis studiert, meine Großmutter sagt, er sei ein brillanter junger Mann gewesen, und an dem Weihnachten zwei Jahre vor der Tragödie habe er ihr ein riesiges Schokoladenherz geschenkt.

»Das ist für Sie, Doña Magdalena, und das hier für Blanca.«

»Das sieht aber verlockend aus, vielen Dank, Juan.«

»Gern geschehen, Doña Magdalena.«

»Mama, Juan wollte dir und Vater etwas sagen.«

»Dann hol deinen Vater, mal sehen, was Juanito uns zu sagen hat.«

»Vater hat er es schon gesagt, aber bei dir hat er sich noch nicht getraut«, gestand ihre Tochter.

»Wusste ich doch, dass ich immer die Letzte bin, die etwas erfährt.«

»Das ist es nicht, Señora Magdalena, ich habe nur noch auf das Schokoladenherz gewartet, das ich Ihnen bringen wollte.«

»Ja, ja, schon gut. Hör zu, wenn du schon mit Vicente geredet hast und er einverstanden ist, werde ich nicht Nein sagen. Du weißt, dass du hier kein Fremder mehr bist, und ich habe mir schon gedacht, dass es darauf hinauslaufen würde, also sei beruhigt. Ich bitte dich nur, meine Tochter zu respektieren, das ist die einzige Bedingung. Vergiss nicht, wir vertrauen dir. Enttäusche uns nicht!«

»Sie wissen, dass ich Sie nicht enttäuschen werde.«

Ein Jahr später bat er meine Großeltern wieder um eine Unterredung, um ihnen zu sagen, dass meine Mutter Blanca schwanger war.

»Am Vorabend vor Weihnachten hat er es uns gesagt«, erzählt Magdalena zwischen einem Bissen Tamal und einem Schluck Kaffee. »Aber wir ärgerten uns nicht, wir haben uns eben damit abgefunden, er war ein guter Junge und man merkte, dass er sehr verliebt war.«

»Und er hat gut Gitarre gespielt?«

»Sehr gut. Ich weiß nicht mehr, bei wem er Unterricht nahm.«

»Und dann sind sie hier eingezogen?«

»Es blieb ihnen ja nichts anderes übrig. An jenem Abend fragte ich Vicente, ob durch irgendein Wunder noch etwas von seinen Ersparnissen im Koffer übrig sei, und er antwortete, ja, ein wenig sei noch da, damit könnten wir für das Kind aufkommen und Tochter und Schwiegersohn weiter studieren lassen.«

»Und Ihre Söhne haben nichts gesagt?«

»Joaquín war ziemlich wütend auf seine Schwester, weil er es idiotisch fand, sie hätte besser aufpassen sollen, auch so etwas müsse man richtig machen, und so weiter. Aber gegen ihn hatten sie nichts, sie waren keine Tyrannen wie meine Brüder, dein Großvater hatte sie zu guten Christen erzogen, nicht zu Rüpeln. Außerdem waren sie Freunde, konnten aufeinander zählen, wenn sie jemanden für ein Ständchen für die Freundin brauchten, und solche Sachen. Sie mochten sich sehr.«

»Deswegen waren sie an dem Abend, an dem sie starben, alle zusammen?«

»Deshalb, ja. Ich hatte eine Vorahnung, aber ich konnte sie nicht deuten. Wer vermag sich schon so etwas vorzustellen. An einem Tag hat man eine Familie, am nächsten Tag nur noch einen Haufen Tote. Es ist eine Sache, dass dir ein Kind stirbt, und etwas ganz anderes, dass dir alle sterben. Wozu soll man da noch weiterleben? Alles Gute in einem ist wie ausgelöscht, und das ist das Schlimmste. Damals habe ich erfahren, was Hass ist. Denn es war kein Schmerz, sondern Hass. Der Schmerz kam später. Ein übermächtiger Schmerz. So mächtig, dass er uns zerstörte. Deinen Großvater, mich, dich. Solltest du einmal Kinder haben, erzähle ihnen nichts davon. Nie. Hör auf mich. Wenn du es ihnen erzählst, wirst du sie ebenfalls kaputt machen. Der Hass erschöpft sich nicht. All der Schrecken und die Traurigkeit setzten in jener Nacht ein, und es ist noch nicht vorbei damit. Dein Großvater, der immer ein kräftiger Mann gewesen war, wurde ganz gebeugt und krank. Er war nicht mehr derselbe, und ich auch nicht. Kannst du dir vorstellen, was in jemandem wie mir damals vorgegangen ist? Kannst du dir denken, was ich mir an diesem Tag alles gewünscht habe?«

»Nein, ich kann es mir nicht vorstellen.«

»Nein, du kannst es dir nicht vorstellen, weil du mir nicht glaubst. Aber ich bin der Nebel. Verstehst du?«

»Nein, ich verstehe Sie nicht.«

»Eines Tages wirst du es verstehen. Und du wirst mir glauben, was aufs Selbe herauskommt. Und wenn es so weit ist, erinnere dich an eines: Der Hass war zu groß.«

Meine Großmutter Magdalena wird nicht deutlicher, wenn sie von jener Nacht spricht. Sie will es, aber sie kann nicht. Sie wagt es nicht.

Ich weiß, dass sie am Nachmittag jenes Tages einen Traum hatte, das hat mir Doña Prudencia erzählt.

»Sie ist verbittert, weil sie glaubt, dass sie etwas hätte tun können und es nicht tat«, hat Doña Prudencia mir gesagt.

»Und was hat sie geträumt?«

»Sie hat ihre Kinder und ihren Schwiegersohn um ein Lagerfeuer sitzen sehen, sie haben gesungen, das Lagerfeuer ging langsam aus, aber das war ihnen egal, sie haben im Dunkeln weitergesungen. Sie fand den Traum sehr schön und dachte, er deute auf etwas Gutes hin, deshalb hat sie ihm nicht mehr Bedeutung beigemessen. Es war ihr vierter Traum, der vierte Traum in ihrem Leben. Du wusstest, dass sie sonst nie träumt, nicht wahr?«

»Nein, das habe ich nicht gewusst.«

Damals wusste ich es noch nicht. Später hat sie es mir selbst gesagt. Doña Prudencia erzählte, an diesem Abend habe Magdalena zugeschaut, wie ihre Kinder sich fertig machten, wie Mario sich das karierte Hemd anzog, das sein Vater ihm zum Geburtstag geschenkt hatte, sie habe Joaquíns Rasierwasser gerochen, während meine Mutter und Eva sich im Bad schminkten und ihre pechschwarzen langen Haare kämmten. Beide hätten sich zum Verwechseln ähnlich gesehen, wie früher. Dann kam mein Vater mit mir im Arm, und Magdalena habe ihn gebeten, mich zu Doña Prudencia zu bringen, was er tat, dann sei er in sein Zimmer gegangen. Später kam er wieder heraus, eine Gitarre in der Hand, mein Onkel Joaquín, der mit meinen anderen Onkeln aus ihrem Zimmer trat, hatte ebenfalls eine dabei, und sie verabschiedeten sich von meinem Großvater Vicente, der ihnen seine Autoschlüssel gab, und dann von Magdalena, die sie daran erinnerte, dass ihr diese späten Ausflüge nicht gefielen, die Zeiten hätten sich geändert, San Salvador sei zu gefährlich geworden und eine Gruppe junger Männer wirke verdächtig. Vicente sei vielleicht anderer Meinung, fügte sie hinzu, weil er manchmal etwas realitätsfremd sei und glaube, alles sei gut oder vielmehr nichts schlecht, aber sie wisse wohl, wie die Lage stehe, und bitte sie deshalb, wenn sie schon nicht auf sie hörten und zu Hause blieben, wenigstens auf sich aufzupassen. Die Kinder nickten und stiegen ins Auto, und sie ging in den Hof, wo

Vicente im Schaukelstuhl die Abendfrische genoss. Sie sagt, als sie das Auto losfahren hörte, habe sie fast geweint. Dann hätten sie mich im Zimmer schreien gehört, ich hätte aber aufgehört, als sie mit der Flasche gekommen sei und mir eine Geschichte vorgelesen habe.

Das war Mitte der Siebzigerjahre. Im ganzen Land gingen Gerüchte von Bürgerkrieg um, aber Magdalena war beruhigt, weil sie ihre Kinder im Traum glücklich gesehen hatte. Sie vertraute darauf.

»Ich lebe nicht fern der Realität«, sagte mein Großvater Vicente an diesem Abend. »Aber wozu soll ich mir das Leben mit dem Gedanken vergällen, ihnen werde etwas zustoßen?«

»In diesem Land wird es Krieg geben«, sagte Magdalena bestimmt.

»Spürst du das?«, fragte Vicente.

»Das muss ich nicht spüren, das ist offensichtlich. Die entführten Studenten, die geplünderten Häuser, die Leichen am Straßenrand. Es bahnt sich etwas an, etwas Schlimmes. Ich glaube nicht, dass man es noch aufhalten kann, die Situation ist zu ernst.«

»Es ist das Böse«, sagte Vicente.

»Sei still, was weißt du schon vom Bösen.«

»Magdalena, werde nicht ausfallend.«

»Ich werde nicht ausfallend, aber du bist ein so durch und durch guter Mensch, du weißt ja gar nicht, was das Böse ist. Krieg ist ein Ausdruck von abgrundtiefer Dummheit. Das Böse zeigt sich für mich auf andere Weise.«

Doña Prudencia kam in den Hof und setzte sich zu ihnen. Es war eine kühle, wolkenlose Nacht. Am Himmel standen Sterne, in den Bäumen hingen Schatten.

»Ich hatte einmal einen Verlobten«, fing Doña Prudencia an, »der im Traum Bewohner von anderen Planeten sah, das sagte er zumindest.«

»Was Sie immer erzählen«, sagte Vicente.

»Der Arme war schrecklich hässlich.«

»Doña Prudencia mit ihrer garstigen Zunge. Wenn Ihre armen Verlobten wüssten, wie schlecht Sie von ihnen reden.«

»Aber er war wirklich hässlich. Wenn er um Mitternacht ohne Hemd nach draußen ging, erzählte man sich am nächsten Tag eine neue Gespenstergeschichte.«

Sie lachten. Dann unterhielten sie sich über andere Dinge. Es war schon fast Mitternacht, als mein Großvater Vicente auf seine Zeit am Panamakanal zu sprechen kam, wie er einmal ein amerikanisches U-Boot fast direkt an der Hafenmole hatte auftauchen sehen. Da hörte meine Großmutter Magdalena ganz deutlich die Stimme eines ihrer Söhne, die sanft »Mama, Mama« rief. Es war die Stimme von Joaquín. Damit begann die Angst.

4

UM EIN UHR MORGENS wurden sie durch einen anonymen Telefonanruf informiert, dass alle, die sich an jenem Abend in einem Haus in der Colonia Centroamérica befunden hätten, ihre Kinder eingeschlossen, tot seien. Es war die Stimme einer Frau, die ihren Namen nicht nennen wollte. Sie gab ihnen die Adresse und bat sie, die Herausgabe der Leichname zu fordern. Magdalena nahm den Anruf entgegen. Sie weinte nicht. Sie setzte sich auf den Boden, eine Hand vor dem

Mund. Vicente sah den Tod in ihren Augen. Er kniete sich neben sie und sagte: »Es sind die Kinder, nicht?« Sie nickte. »Sie sind in Centroamérica«, sagte sie. »Weißt du, wo das ist?« Er bejahte, er hatte seine Söhne ein paar Mal bei dem Haus abgesetzt, in dem drei Kommilitonen von ihnen wohnten.

Als hätte sie jemand gerufen, trat Doña Prudencia ins Zimmer und fragte, ob mit den Kindern alles in Ordnung sei, worauf Magdalena antwortete, eine Frau habe ihr gesagt, alle jungen Leute auf dem Fest seien erschossen worden. »Sie hat gesagt, alle meine Kinder sind tot, Prudencia. Sie haben sie alle umgebracht.« Doña Prudencia riet ihnen, selbst dorthin zu fahren. Sie werde bei dem Baby bleiben. Doch bevor sie aufbrachen, fragte sie noch, was geschehen sei, ob es eine Konfrontation gegeben habe, doch Magdalena wusste nichts. Sie haben es nie erfahren. Die offizielle Version besagte, es habe sich um eine Operation zur Festnahme des in diesem Haus wohnhaften Ingenieurstudenten Alfredo Vela gehandelt, der subversiver Aktivitäten bezichtigt worden sei; als Studentenführer sei er Mitglied einer revolutionären Gruppierung und im Begriff gewesen, eine Guerilla-Zelle aufzubauen. Bei dem friedlichen Einsatz des Militärs, so hieß es, sei von den Bewohnern des Hauses das Feuer eröffnet worden, worauf die Soldaten in Notwehr alle Angreifer eliminiert hätten.

Dagegen erzählte ein Nachbar den Verwandten und anderen Anwohnern flüsternd, er habe die jungen Leute nur schreien gehört, geschossen hätten sie nicht. Er habe auch gehört, wie die Soldaten sie verprügelt und dann erschossen hätten. Keine Maschinengewehrsalven, ein Schuss nach dem anderen.

»Die Häuser hier sind hellhörig. Die Soldaten sind gekommen und haben sie umgebracht, ohne lange zu fackeln. So war es.«

»So etwas darf man nicht verschweigen.«

»Im Gegenteil, so etwas darf man nicht laut sagen. Ich habe schon zu viel geredet.«

»Du musst die Justiz informieren.«

»Aber die Justiz sind sie doch selbst, diese Mörder.«

Vicente und Magdalena kamen gegen halb zwei am Ort des Massakers an. Die Nacht war inzwischen empfindlich kalt und windig geworden. Das Haus war von einem Absperrband umgeben, niemand durfte hinein. Vom Gehsteig aus sahen sie eine rote Blutlache, die sich um etwa zwanzig aufeinandergestapelte Leichen gebildet hatte. Alles war offenbar kurz nach Mitternacht geschehen. Man sah keine Journalisten oder Neugierigen, nur Angehörige, die ihre Toten beweinten. Die Polizei ließ niemanden hinein. Man sei dabei, Spuren zu sichern. Spuren wovon? Wofür? Für wen? Wenn doch niemand irgendetwas untersuchen würde. Es war kein Einzelfall. Im ganzen Land wurden Menschen umgebracht, immer systematischer, eine Warnung, die bald zur Normalität werden sollte.

San Salvador war nicht mehr die Stadt der Bulnes, nicht mehr die Stadt von Magda, von Doña Margarita, von Don Leocadio, von Doña Estebana. Es war eine andere Stadt geworden, in der es keine Gärten und keinen Jasmin mehr gab, keinen Bambus und keine brachliegenden Grundstücke oder Weihnachtsfestessen. Die Zeit des Schreckens hatte begonnen. Ein Winter, der viele Jahre andauern sollte.

Meine Onkel, meine Tante, meine Mutter und mein Vater,

alle auf dem Boden eines Hauses verteilt, das sich in ein riesiges Skelett verwandelt hatte. Eine nicht mehr zu identifizierende Masse mit dem süßlich metallischen Geruch nach Blut, diesem Geruch, den Magda in der Nase hatte, seit sie in der dünnen kalten Luft des Morgengrauens von zu Hause aufgebrochen waren, und der immer stärker und abstoßender wurde, je näher sie dem Ort des Geschehens kamen. Und während sie vergeblich versuchten, einen Blick nach innen zu erhaschen, wo ihre Kinder lagen, sah sie diese Kinder unaufhörlich vor sich, wie sie an Feiertagen die Tischdecke auflegten, wie sie ihren Vater Vicente an Regentagen baten, ihnen Gruselgeschichten vorzulesen, wie sie vor dem Schlafengehen beteten, selbst als sie schon groß waren, wie sie einer nach dem anderen auf die Welt kamen, sie sah den schönen Joaquín mit seinem James-Dean-Gesicht, in Jeans und hochgekrempeltem weißem Hemd, Tante Eva mit den Locken ihrer Großmutter väterlicherseits und den vom Fahrradfahren schlanken Beinen, Onkel Mario und Onkel José Luis und seine hübsche blonde Freundin Ligia, die mit ihm auf Fotos zu sehen ist und die jetzt mit zerschmettertem Gesicht neben ihm lag. Sie sah meine Mutter Blanca Hand in Hand mit Juan, den sie mit fünfzehn Jahren kennengelernt hatte und mit dem sie gestorben war, wie sie es sich gewünscht hätte, wie ihre Urgroßmutter Estebana Hand in Hand mit der Liebe ihres Lebens, in diesem Fall allerdings unter erbärmlichen Umständen. Auf dem Boden eines Hauses, der zu einem Beet dunkler, geronnener Mohnblumen geworden war, von denen ein pestilenzartiger Gestank ausging; Magdalena musste sich dreimal übergeben, während sie zutiefst verbittert dachte, dass sie keine unheilvollen Träume mehr haben wollte, dass ihre

Träume sie verraten hatten, sie belogen, ihr etwas vorgegaukelt hatten, dass es nicht mehr Leben zu nennen war, was jetzt noch vor ihr lag, dass aus ihren Handflächen wie bei Doña Prudencia die Linien verschwinden müssten, weil ihr Schicksal ausgelöscht war.

Sie sah sie nicht, sie verlor das Bewusstsein, als sie sich dem von Menschen und Schatten umringten Haus näherten. Als die Polizei die Angehörigen durchließ, ging nur Vicente hinein, nur er suchte seine Kinder und nahm eines nach dem anderen mit, half, sie in die Krankenwagen zu legen, dann ging er zu seiner Frau zurück, die neben einem Busch saß, und brachte sie nach Hause, hierher. Er sperrte sich mit ihr ins Schlafzimmer ein, zündete Kerzen an, legte sich neben sie und betete, betete lange für die Seelen seiner Kinder und für das Herz seiner Frau und sein eigenes und für den kleinen Jungen, der sein Enkel war und in einem Augenblick zum Waisen geworden war. Dann schlief er ein paar Stunden, um zu träumen, zu träumen, dass nichts geschehen war, dass die Stunden nicht vergehen würden, er nicht ins Leichenschauhaus des Rosales-Krankenhaus gehen müsste und am nächsten Tag zum Friedhof, an der Hand seiner Frau Magda, die nie wieder schön sein würde, die mit umschatteten Augen vor Traurigkeit zerging, das Haar mit einem schwarzen Tuch bedeckt, das Gesicht zerrüttet, mit einem dunklen Herzen, das sich Dunkelheit wünschte, Unglück und Finsternis für eine Stadt, die für sie keine Stadt mehr war, und für ein Volk, das sie nicht mehr Volk nannte seit jener Augustnacht mit der ähnlich dünnen kalten Luft wie heute, als alle ihre Kinder grundlos starben, Opfer eines Hasses, den sie weder begreifen konnte noch kann, auch wenn ihr eigener Hass noch größer ist. Von jenem Tag an begann sie, sich in ihrer eigenen Düsternis zu begraben.

5

UND JETZT WAGE ICH mich zu fragen, warum diese Frau, Doña Prudencia, jeden Nachmittag in mein Zimmer kam und mir ihre Geschichten erzählte, von ihren Männerbekanntschaften im Jahr '33 und von ihrer Liebschaft im Jahr '34. Von ihren Affären in den Jahren '45 und '49 … Warum musste sie mir anvertrauen, dass sie nicht Nein zu den Männern sagen konnte, weil sie nicht Herrin über ihr Schicksal war?

Einmal war sie es doch, als Mädchen noch, bevor sie sich in einen sechzehnjährigen Jungen verliebte.

Nie wieder hat sie jemanden so geliebt. Es war zu einer Zeit, in der die Liebe ein Leben lang hielt, und deshalb liebt sie ihn noch und wird ihn an jedem ihr noch verbleibenden Tag lieben. Der brave Junge war Schuster, Sohn und Enkel von Schustern, er lebte in einem winzigen weißen Haus, an dem sie jeden Tag vorbeikam. Bald ließ der Bursche Nadel und Zwirn liegen und ging mit ihr im Park spazieren oder Atole trinken. Wenn sie sich küssten, sagte er ihr, sie würden bald heiraten, und er versprach ihr, sein Leben gehöre ihr, wie auch sie ihm versicherte, ihr Leben und ihr Schicksal gehörten ihm.

Prudencia war damals ein dreizehnjähriges Mädchen, das nicht zur Schule ging, aber sie konnte lesen, weil ihre Mutter es ihr beigebracht hatte. Seit sie sieben war, arbeitete sie in der

Bäckerei ihres Großvaters, mit ihren Cousins, zwei Onkeln, ihrer Großmutter und ihrer Mutter. Mit elf begann sie, Brot auf dem Markt und vor der Kirche zu verkaufen. Auf den Markt ging sie um vier Uhr morgens, zur Kirche nachmittags von halb vier bis sechs oder halb sieben. Als sie sich verliebte, stahl sie sich nach dem Mittagessen in den Park und wartete am Kiosk. Zu der Zeit fing sie an, Rouge auf die Wangen aufzutragen, ganz wenig, damit die Mutter es nicht merkte. Außerdem kaufte sie einen Katechismus und studierte ihn. Wenn sie heiraten wollte, musste sie erst zur Kommunion, das wusste sie.

Eines Abends kaufte der Schustersohn Brot und unterhielt sich eine ganze Weile mit ihr. Am nächsten Abend wieder. Am dritten Abend fragte die Mutter, ob die Absichten des Jungen ernst seien.

»Was für Absichten, Mama?«

»Hältst du mich für blöd?«

»Nein, Mama.«

»Was hat dir dieser Mann gesagt?«

»Gesagt …«

»Etwas wird er dir schon gesagt haben, du bist ja ganz durch den Wind.«

»Durch den Wind, Mama?«

»Ja, schau doch nur, was für Löcher du in die Luft starrst. Was hat er dir gesagt?«

»Dass er mich heiraten will.«

»Der ist ja wohl verrückt. Und, hat er um deine Hand angehalten?«

»Ja.«

»Und du hast ihn gelassen?«

»Ja.«

»Dummchen, bist ja doch gescheiter als ich«, sagte die Mutter lächelnd. Dann fügte sie hinzu, immer noch mit einem Lächeln: »Ein hübscher Kerl, dieser Teufelsbraten. Es ist der Sohn von Tomás, dem Schuster, stimmt's?«

»Stimmt beides, ja«, sagte das Mädchen und lächelte wie die Mutter.

»Pass nur auf, kein Herumknutschen im Park, du weißt ja, wie die Leute sind.«

»Was du nur denkst, Mama.«

»Ich denke gar nichts. Du hörst auf mich!«

»In Ordnung«, erwiderte das Mädchen und sagte sich, dass es vorsichtiger sein musste, wenn es keine Probleme bekommen wollte.

Im März brachte der Schustersohn ihr ein Paar Damenschuhe. Er hatte sie selbst angefertigt.

»Mein Vater hat mir fast gar nicht geholfen«, sagte er. Sie waren schwarz, geschlossen, hatten einen kleinen Absatz und eine goldene Schnalle. Ihr kamen die Tränen vor Rührung. Später zeigte sie die Schuhe ihrer Mutter, der sie so gut gefielen, dass das Mädchen beschloss, ein Paar für sie in Auftrag zu geben. Ein paar Tage später gab sie sie ihr. Exakt die gleichen. Als die Mutter fragte, wie viel sie kosteten, sagte das Mädchen, sie seien ein Geschenk, der Schustersohn wolle nichts dafür nehmen. Es war der Mutter so arg, dass sie ihn zum Essen einlud, und so besuchte der Junge Prudencia zum ersten Mal zu Hause.

Es war ein Sonntag Ende März, und sie aßen im Hof zu Mittag. An dem Tisch unter einem großen Mangobaum saßen neben dem Schustersohn, Prudencia und ihrer Mutter zwei jüngere Brüder, die Großmutter und eine Tante namens Rosalía. Nachmittags gab es heiße Schokolade mit süßem Brot. Gegen fünf mussten sie den Tisch nach innen tragen, weil es zu regnen begann. Da der Junge wegen des starken Regens nicht nach Hause gehen konnte, nahm er gern ihre Einladung zum Abendessen an. Am Sonntag darauf kam er wieder zum Mittagessen, und von da an jeden Sonntag, bis er ein paar Monate später von einem Fieber ans Bett gefesselt wurde.

Es begann im Oktober, mit den ersten windigen Tagen. Ein seltsames Fieber, das kam und ging. Alle dachten, er sei Opfer des bösen Blicks. Irgendeine selbstsüchtige Frau könne es auf ihn abgesehen haben oder ein Feind seines Vaters, eine Ehemalige … Im November konnte er nicht mehr aufstehen. Kopf und Knochen schmerzten ihn unentwegt, und Prudencia war fast unentwegt bei ihm, um ihn zu pflegen. Immer brachte sie ihm eine Schale Hühner- oder Taubensuppe, die der Genesung zuträglich sein sollte, oder Truthahnbrühe mit Reis oder Hähnchen in Sauce. Sie besuchte ihn jeden Mittag und ging um drei von ihm aus zur Kirche.

»Wenn ich wieder gesund bin, heiraten wir«, sagte der Schustersohn immer wieder.

»Ich werde dich gesund pflegen«, antwortete Prudencia.

»Bist du mein?«, fragte er sie, womöglich bedrückt, dass sie sich allein in dieser Stadt voller gesunder junger Burschen bewegte und er nutzlos im Bett liegen musste.

»Ich bin dein. Du bist mein Schicksal.«

»Und wenn ich sterbe?«

»Du wirst nicht sterben.«

»Ja, aber wenn?«

»Dann werde ich kein Schicksal mehr haben, weil du mein Schicksal bist und es mit dir nehmen wirst.«

Als der Schustersohn nach einigen letzten Tagen hohen Fiebers starb, war sie nicht nur von einem mächtigen Schmerz erfüllt, einem unbegreiflichen, tiefen Schmerz, sondern sie fühlte sich plötzlich auch schwach und substanzlos, und auf der Straße hatte sie das Gefühl, gegen ihren Willen vom Wind fortgedrückt zu werden, als sei er stärker als ihr Verlangen, reglos an einem Ort zu verharren.

Etwas hatte sich verändert, sie merkte es ganz deutlich. Nichts schien mehr von Bedeutung. Ihre Mutter und ihre Onkel waren überrascht, dass sie nicht über die Maßen weinte, nicht mehr als ein paar stille Tränen beim Begräbnis des Schustersohns vergoss. Dafür mussten sie ihr Schweigen bemerken. Sie sprach kaum noch. Ein paar Worte beim Abendessen. Sie fing an, zur Abendmesse um sechs zu gehen, und obwohl sie den Brotstand allein der Aufsicht einer Cousine und deren kleiner Schwester überließ, sagte niemand etwas. Und zehn oder zwanzig Monate später, so genau weiß sie es nicht mehr, ließ sie sich vom Wind fortwehen und ging weg, ohne irgendjemandem etwas zu sagen.

Sie marschierte drei Tage lang, ohne Hunger oder Durst oder Müdigkeit zu verspüren, ohne das Bedürfnis, anzuhalten. Der Wind blies ohne Unterlass. Erst als er aufhörte zu wehen, machte sie an einem kleinen Weiler in einem Tal halt. Jetzt hatte sie Durst. Sie folgte dem Murmeln eines Flusses. Der Fluss verlor sich in einem Kiefernwald. Sie kauerte sich am Ufer nieder und trank ausgiebig. Da hörte sie die Stimme eines Burschen, der lautlos herangetreten war: »Du bist nicht von hier, oder?«

Erschrocken sah sie auf und verneinte. Da fragte der Bursche, ob sie mit zu ihm nach Hause kommen wolle, er habe Bohnensuppe. Sie antwortete, sie wolle nicht, aber wenn er es wolle, käme sie mit.

»Warum?«

»Ich weiß nicht.«

»Wie kannst du das nicht wissen? Das gibt es nicht.«

»Das gibt es vielleicht nicht, aber ich weiß es nicht.«

»Dann komm mit.«

Der Bursche nahm sie mit in sein Haus, und sie blieb fast einen Monat bei ihm, bis er sie fortschickte. Danach verbrachte sie mehrere Wochen bei einem viel älteren Mann. Dann im Haus eines Vorarbeiters. Im Zimmer eines Soldaten. Im Haus eines Witwers. Sie konnte nicht Nein sagen, auch wenn manche dieser Männer sie schrecklich behandelten.

Die Tage vergingen, und sie merkte, was geschehen war: Sie hatte kein Schicksal mehr. Sie hatte ihr Schicksal mit dem Schustersohn verloren, deshalb hatte sie keine Willenskraft mehr, um sich zu widersetzen, wenn man ihr etwas befahl. Und so bat sie Gott nur darum, ihr einen guten Mann zu schicken, der sie genügend liebte, um sie nicht zu misshandeln.

Lange Zeit betete sie darum, bis sie eines Morgens, sie schnipselte gerade Obst, den Mann kennenlernte, mit dem sie zehn Jahre ihres Lebens verbringen sollte. Es war ein Schreiner namens Pablo, den sie erst verlassen konnte, als er ihr im Suff sagte, er habe sich in eine andere Frau verliebt. Sie begriff, dass sie gehen musste. Und so schmerzhaft es auch war, so verletzt und enttäuscht sie sich fühlte, war sie doch dankbar für diese schönen Jahre und wollte es ihm sagen, wenn er wieder nüchtern wäre. Doch in dieser Nacht wehte ein kühler Nordwind, und sie ging, ohne sich von ihm zu verabschieden.

Keine Woche später wohnte sie im Haus eines Schmieds, der sich nach ihren Kochkenntnissen erkundigt und sie eingestellt hatte. Er hatte drei Söhne. Seine Frau war ein paar Jahre zuvor gestorben. Der Schmied wollte zwar eigentlich eine Hausangestellte, verliebte sich aber und bat sie, ihn zu heiraten, was sie tat, und so verbrachte sie zwölf Jahre ihres Lebens mit ihm, bis er an Krebs starb und sie Witwe wurde.

Und als sie eines Morgens vom Friedhof kam, blies der Wind wieder, und sie musste gehen, traurig um ihren toten Mann, noch trauriger jedoch, seine drei Söhne zu verlassen, die sie aufgezogen und lieb gewonnen hatte. Der Wind brachte sie an viele Orte. Sie lernte andere Männer kennen, sah das Meer von Ländern aus, in denen man andere Sprachen sprach, sah Gletscher, verschneite Berge, einen Fluss, dessen Ufer einem Meeresufer glich, sie lernte, Tiere zu verspeisen, deren Namen sie kaum über die Lippen brachte, und eines Nachts – sie schlief neben einem Seemann, den sie am Vorabend kennengelernt hatte – träumte sie von einem Kind in einem Zimmer, das durchs Fenster in einen Himmel blickte, aus dem es gelbe Blätter regnete. Hinter dem Kind war der Schatten einer Frau. Die Frau murmelte etwas. Sie erzählte eine merkwürdige Geschichte, die nicht zu verstehen war. Am nächsten Morgen wehte ein Nordwind, und mit dem ersten Tageslicht packte Doña Prudencia ihre wenigen Habseligkeiten und ließ zurück, was es zurückzulassen gab. Sie ging zu einem Bahnhof, stieg in den ersten Zug, der abfuhr, stieg ein paar Stunden später wieder aus, nahm einen Bus, dann noch einen und noch einen, kam in eine kleine kühle Stadt in einem Tal, in dem sie nie zuvor gewesen war, von dort aus nahm sie einen weiteren Bus bis zu einem Ort namens Los Planes de Renderos, stieg bei einem Park aus, ging ein Stück zu Fuß, ohne weiter darüber nachzudenken, bis sie auf ein paar Jungen stieß, die einen Drachen steigen lassen wollten, und ihnen sagte, dass der Wind bald kommen werde.

»Deshalb habe ich all diese Fotos in der Schachtel aufbewahrt. Es sind die Fotos von fast allen meinen Liebhabern. Von denen, die gut zu mir waren.«

»Ich verstehe«, sagte ich.

»Genau. Manchmal hatte ich Glück und traf auf einen hübschen, aber die meisten waren leider hässlich.«

»Es muss schrecklich sein, nicht Nein sagen zu können.«

»Das ist es.«

»Und alles hat mit dem Schustersohn begonnen?«

Da hob sie die Hände mit den glatten, linienlosen Handflächen und hielt sie mir entgegen. Ich streckte die Hand aus und berührte sie mit den Fingern.

»An dem Tag, an dem er starb, fingen sie an zu verblassen. Binnen weniger als einer Woche hatte ich keine Linien mehr in der Hand. Aber ich bereue nichts. Er war die Liebe meines Lebens.«

6

EINMAL SAGTE DOÑA PRUDENCIA, und inzwischen weiß ich, dass es stimmt: »Ich kam nicht, um mich um die Zwillinge oder die Jungen zu kümmern. Ich kam nicht wegen der

Kinder deiner Großmutter ins Haus, ich kam wegen dir. Um mich um dich zu kümmern.«

Und das tat sie, sie kümmerte sich um mich. Viele Jahre lang war sie die Einzige, die wirklich bei mir war. Sie war es, die mich in der Schule einschrieb, die nachmittags mit mir nach draußen ging, die mir das Abendessen machte, mir etwas erzählte, wenn sie in meinem Zimmer schlief. Doña Prudencia ließ mich ihre Handflächen berühren, die glatt waren wie Knorpel und die mich faszinierten, ebenso wie ihre Liebesgeschichten, die immer ein trauriges Ende nahmen, weil sie nicht vermeiden konnte, immer wieder zu gehen, alles zurückzulassen und bei einem anderen zu bleiben.

An einem Oktobertag saß ich im Schatten der Kiefer vor dem Haus, da setzte sie sich unvermutet neben mich.

»Was denkst du?«

»Dass ich es gern erlebt hätte, dass ich gern dabei gewesen wäre, als alles noch gut war und Weihnachten groß gefeiert wurde. Nächste Woche sind die Prüfungen, dann ist die Schule aus und ich habe Ferien.«

»Hast du ein Glück.«

»Ja und nein. Ich weiß nicht, was ich dann machen soll.«

»Aber ich weiß es«, sagte sie lächelnd.

»Ich sehe nicht, was das sein sollte.«

»Du kannst es jetzt nicht sehen, weil du blind bist, aber ich bin nicht so blind wie du, deshalb sage ich dir, du wirst etwas zu tun haben, glaube mir.«

»Warum sagen Sie das?«

»Du wirst schon sehen«, antwortete sie unwirsch, wie sie sonst nie war. »Sei nicht so ungeduldig.«

»Na schön, was bleibt mir schon anderes übrig, als abzuwarten, auch wenn ich gar nicht weiß, worauf ich warte. Aber langsam bin ich es leid«, sagte ich skeptisch. »Es ist langweilig, auf etwas zu warten, ohne zu wissen, was es ist.«

Sie schwiegen eine Weile, der Junge, der ich damals war, und die Frau ohne Handlinien. Dann sagte Doña Prudencia:

»Es wird wieder Wind geben.«

»Was?«

»In ungefähr einer halben Stunde wird der Nordwind wehen.«

»Nordwind?«, wiederholte ich, ohne zu begreifen, was sie sagte oder warum.

»Ja, und du hast keinen Drachen.«

»Seit Jahren habe ich keinen Drachen mehr.«

»Du solltest einen haben, heute wird der Wind gut sein, um einen steigen zu lassen.«

»Wenn Sie wollen, kaufen wir einen.«

»Nein, ich habe jetzt keine Zeit für Drachen, für mich ist keine Drachenzeit, ich muss gehen.«

»Aber es ist schon fast fünf, und ich glaube nicht, dass meine Großmutter das Abendessen machen will.«

»Das wird sie aber wohl müssen, oder du musst es machen, denn ich muss gehen.«

»Wohin?«

»Wohin der Wind mich weht.«

»Was ist mit Ihnen, Doña Prudencia?«

»Nichts ist mit mir, es ist nur an der Zeit.«

»Zeit wofür?«

»Zeit zu gehen.«

»Von hier wegzugehen?«

»Ja.«

»Meinen Sie das ernst?«

»So ernst, wie es in einer halben Stunde Nordwind geben wird.«

»Haben Sie schon Ihren Koffer gepackt?«, fragte ich, um etwas zu sagen.

»Seit gestern.«

»Seit gestern, und Sie haben mir nichts gesagt?«

»Ich sage es dir jetzt.«

»Aber warum? Ich verstehe es nicht. Warum müssen Sie gehen?«

»Weil es so sein muss.«

»Aber Sie können mich doch nicht allein lassen, nicht mit dieser Frau. Sie spricht ja kaum.«

»Diese Frau ist deine Großmutter, die Mutter deiner Mutter.«

»Ja, aber davon merkt man nichts ... Weiß sie es?«

»Ja, sie weiß, dass ich gehe, sie findet sich damit ab. Sie wusste, dass der Tag kommen würde, an dem ich gehen würde, dass der Wind wieder wehen würde, und sie hat mir für die Jahre gedankt, die ich in diesem Haus war.«

»Es ist ja nicht, dass ich Ihnen nicht dankbar wäre, aber ist Ihnen klar, dass Sie mich allein lassen? Ist Ihnen das klar? Doña Prude ... Wie können Sie mir das antun? Wohin gehen Sie?«

»Ich weiß es nicht, das entscheide ich nicht, ich muss nur gehen. So wie ich gekommen bin.«

»Ist es Ihr Schicksal, zu gehen?«

»Ich habe kein Schicksal, das weißt du sehr gut.«

»Also? ... Ich verstehe Sie nicht, ich verstehe nicht, warum Sie mich allein lassen wollen. Wer wird mir das Abendessen machen? Mit wem werde ich mich unterhalten? Doña Prude, Sie dürfen nicht gehen, schauen Sie doch, wer wird … Doña Prude!«

»Beruhige dich … Du darfst dich nicht so aufregen. Ich bin nur eine alte Frau, eine alte Frau ohne Schicksal, aber du hast eines, dein eigenes.«

»Aber ich will nicht allein mit ihr in diesem Haus bleiben.«

»Es wird jemand kommen.«

»Jemand?«

»Ja, es wird jemand für dich kommen, ich weiß es, sehr bald schon, vertraue mir, ich weiß, was ich sage und warum.«

»Doña Prude«, sagte ich noch einmal, aber ich hätte es noch zwei- oder dreitausend Mal mehr sagen können, sie hätte ihre Meinung nicht geändert.

Es war Oktober, und eine halbe Stunde später blies ein kalter Wind, der vermutlich aus dem Norden kam, auch wenn ich das nicht mit Bestimmtheit sagen kann, ich weiß nur, dass es windig war und Doña Prudencia das Haus verließ, in der Hand den schmutzig hellblauen Koffer, mit dem sie vor vielen Jahren gekommen war und in dem ihre Habseligkeiten verstaut waren: zwei lange schwarze Kleider, drei weiße Blusen, eine rote und eine himmelblaue, mehrere Männerfotos, das Paar Sandalen, das ich ihr letzte Weihnachten geschenkt hatte, die Nippesfigur, die ich ihr im vorangegangenen Mai gekauft hatte, und das Gebetbuch, das mein Großvater Vicente ihr vermacht hatte. Ich wollte sie nicht zum Bus begleiten. Ich blieb vor dem Haus sitzen, den Blick in den Himmel gerichtet, und wagte nicht, ihr Lebewohl zu sagen.

»Willst du dich nicht verabschieden, Junge?«

Das sagte sie, aber ich wollte nicht oder brachte vielmehr

kein Wort über die Lippen. Sie trat zu mir und umarmte mich, und ich ließ mich umarmen, aber zu mehr war ich nicht fähig. Da begann der Wind zu wehen. Das Rauschen der Zweige in den Bäumen wurde zu einer schleppenden Musik, sie löste sich von mir, fuhr mir durchs Haar, küsste mich einmal, zweimal, dreimal auf die Stirn, auf die Wangen, dann schritt sie langsam fort, so langsam, als wollte sie nicht gehen, und ich dachte schon, sie könnte vielleicht stehen bleiben und umkehren, aber sie blieb nicht stehen und sie kam nicht zurück, weder an diesem Abend noch am nächsten Tag noch im Jahr darauf noch jemals. Sie verschwand hinter der Straßenbiegung und wurde zu einer Erinnerung, sie hörte auf, eine Frau aus Fleisch und Blut zu sein, und wurde zu diesen Worten, die versuchen, sie heraufzubeschwören, sie lebendig zu machen, trotz der Schatten und des Vergessens, denn nach und nach vergesse ich sie, meine Liebe zu ihr ist immer weniger wahrhaftig. Etwas anderes mischt sich in sie, Groll vielleicht oder Schmerz, ganz genau kann ich es nicht sagen, denn ich habe ihre Flucht nie verstanden, ihr Fortgehen aus diesem Haus, in dem sie einen Jungen, der nicht wusste, wie er zu leben anfangen sollte, und eine alte Frau, die vom Leben nichts wissen wollte, zutiefst allein ließ. Zwei Schattenwesen in einer Kulisse aus Schatten, deren Atem man mit dem der Toten verwechseln konnte, die damals bereits ringsum zu spüren waren, vor allem in diesem Zimmer am Ende des Hofs. Es war Oktober, und der Wind war kalt. Ich muss hinzufügen, dass diese Kälte seitdem anhält.

DER SECHSTE TAG

I

WIR ASSEN IMMER UM halb sieben zu Abend, und sie aß und redete mit einer bisweilen lähmenden Langsamkeit. Wir ließen das Licht im Hof an und in ihrem Zimmer eine kleine Tischlampe mit einem gelben Schein, der mir vorkam wie aus einer anderen Zeit, vielleicht aus jenen Jahren, von denen sie mir erzählt.

Manchmal fragte sie mich: »Wie ist alles so?« Aber damit erkundigte sie sich nicht nach meinem Befinden, sondern danach, wie es in der Welt zuging. »Hast du die Zeitung gelesen?«, wollte sie wissen, was ich immer bejahte, ob es stimmte oder nicht, und dann informierte ich sie über das, was ich angeblich gelesen hatte, über neue Reisen zum Mond, den die Europäer kolonisieren wollten, dass man auf dem Mars Pyramiden gefunden habe, die den ägyptischen zum Verwechseln ähnlich seien, leider sei der Pilot des Raumschiffs, das man zu ihrer Erforschung geschickt habe, gestorben. Sie hörte mir schweigend zu. Ich berichtete über Funde von kirchenhohen Gebäuden und einer fast drei Meter großen Frau im ewigen Eis der Antarktis, oder über die Pest in Paris, wo man die Toten zu Tausenden zählte … Dann veränderte sich ihr abwesender Gesichtsausdruck, mit dem sie mein Gerede Lügen strafte, und sie kam wieder auf Ana Bulnes zu sprechen, erzählte mir noch einmal ihre Geschichte und fügte hinzu, die Arme lebe ja jetzt in Paris, ob sie wohl von der Pest betroffen sei, sie sei ja inzwischen schon sehr alt, da könne einen so etwas leicht umbringen. Sie schwieg einen Moment. Wir schwiegen beide. Dann fragte sie mich wie immer nach den Nachbarn, ob dieser oder jener schon gestorben sei, und ich wechselte das Thema.

»Lebt Doña Ursula noch?«, fragt sie mich.

»Nein«, lüge ich, »ich habe Ihnen doch gesagt, dass sie starb, erinnern Sie sich nicht? An einem Herzinfarkt, die Arme.«

Ich bringe es nicht über mich, ihr zu sagen, dass sie noch lebt, dass vor ein paar Tagen zu ihrem zweiundsiebzigsten Geburtstag Mariachi-Musik aus ihrem Haus klang, dass ihr Mann Don Fausto noch immer arbeitet, Besitzer derselben Autoersatzteilfabrik ist und es ihnen offensichtlich gut geht, den Reisen nach zu schließen, die sie nach Mexiko, Costa Rica oder Kolumbien unternehmen, dass Doña Ursula aber nicht besonders erpicht darauf ist, Besuche abzustatten, und erst recht nicht bei ihrer alten Nachbarin in ihrem nach Katzenpisse stinkenden düsteren Haus, denn die Düsternis hat sich verdichtet, hat Gestalt, Gewicht und Gestank angenommen, einen Gestank, der die Nachbarn entsetzt, ich sehe es ihren erschrocken fliehenden Blicken an, wenn ich ihnen über den Weg laufe, vielleicht glauben sie, in diesem Haus spuke es und ich sei eines der Gespenster.

Ich bringe es nicht über mich, ihr die Wahrheit zu sagen. Und es gibt auch keinen gewichtigen Grund dafür.

Wenn sie etwas über mich wissen will, fragt sie nach Sonia, das ist der Einstieg, wie ein Thermometer, mit dem sie meine Temperatur messen kann. Mich nach Sonia zu fragen ist ihre Art, mir zu zeigen, dass sie sich für mich interessiert, mich immer noch liebt, wenn das überhaupt möglich ist, wenn es Raum in ihr gibt für dieses Gefühl – was ich gern glauben möchte. Ich erzähle ihr nicht viel, denn viel gibt es nicht zu sagen. Anfangs sprach ich über unsere tragische Geschichte, aber inzwischen will ich nicht mehr darüber reden, was sie versteht. Also wechsle ich das Thema, und sie lässt mich frei ausschweifen, einen Zeitungsartikel zitieren, demzufolge im Zentrum bereits drei Menschen von Hunden totgebissen wurden, dass die Stadtverwaltung Beamte in die verlassenen Häuser geschickt hat, in denen sie herumlungern, um sie zu töten, bislang jedoch ohne Erfolg. Eine Zeugin habe ausgesagt, zitiere ich den Artikel, sie habe mindestens fünf Pitbulls nach Mitternacht durch die Straßen streunen sehen, sie wisse nicht, wo sie hergekommen seien, sie habe aus einem Motelfenster gesehen, wie sie in einem Müllhaufen wühlten. Die Polizei habe den Verdacht, sage ich, dass jemand sie loslasse, sie glaubten nicht, dass es sich um eine wilde Meute handele. Ich ergänze, ich glaube sehr wohl an eine Meute, Freunden von mir seien vor ein paar Monaten zwei Pitbulls entlaufen, ein Rüde und eine Hündin, und diese Hunde seien eben nicht zum Spaßen aufgelegt. Sie weiß nicht, wovon ich spreche, zu ihrer Zeit gab es noch keine Straßenköter, die Menschen töteten, es gab vielleicht Gespenster, aber keine Hunde aus Fleisch und Blut, die schuld daran waren, dass eine Witwe, mehrere Halbwaisen und drei Mütter um ihre Toten trauern, wie es in der Zeitung heißt.

»Das ist das Böse«, sagt sie.

»Deshalb gehe ich nicht ins Zentrum, zumindest nicht nachts.«

»Nein, geh lieber nicht, wer weiß, ob das wirklich Tiere sind.«

»Sie meinen, sie könnten etwas anderes sein?«

»Das müssen Dämonen sein.«

»Ich weiß nicht, das kann ich mir nicht vorstellen.«

»Du hast eben keine Ahnung, aber das müssen Dämonen sein, du siehst ja, sie zeigen sich nur nachts, tagsüber sind sie nirgends zu finden. Ich sage dir, das sind Dämonen, und wenn man am wenigsten darauf gefasst ist, sieht man sich von ihnen umzingelt. Hast du die Haustür verriegelt?«

»Nein.«

»Dann mach das gleich, dreh den Schlüssel zweimal um und schieb den Riegel vor, dass nicht noch etwas passiert.«

Ich stehe auf, gehe zur Tür und tue, was sie mir aufgetragen hat. Auch wenn ich die Geschichte mit den Hunden selbst erfunden habe, wage ich nicht, ihre Anweisungen zu ignorieren. Dann erzählt sie mir von ihrem jüngsten Traum, ihrem letzten Traum. Sie hat von mir geträumt. Sie hält kurz inne, berührt meine Stirn mit der Hand, streicht mir übers Haar und fährt fort, ihren Schatten umwehe ein Duft, den nicht der Jasmin verströme, seit Langem rieche der Jasmin nicht mehr, es sei ihre Haut, von der dieser leicht beißende Geruch ausgehe, den ich seit einigen Tagen bemerkt habe. Das Haus liegt im Dunkeln, nur im Hof brennt ein Licht, und in unserem Zimmer die kleine trübe Lampe. Großmutter Magdalena wendet sich wieder früheren Zeiten zu, wir beide lassen uns zurückversetzen, und von irgendwoher umfängt uns ein weniger fahles Licht.

2

DIESER ORT WAR NICHT immer so verlassen. Als meine Großeltern hierher zogen, war es ein großes helles Haus mit Vorhängen an den Fenstern, einer weißen Rüschentischdecke auf dem Esszimmertisch, Kinder liefen durch die Zimmer, auf den gestutzten Rasen des Hofs hinaus, den noch keine trockenen Blätter bedeckten, und man hörte keine Mäuse an den Küchentüren nagen oder aus dunklen Ecken hinter den Kühlschrank huschen, wie jetzt, wenn ich nach Hause komme oder plötzlich das Licht anschalte.

Als meine Großmutter und ich allein blieben, war die Veränderung anfangs nicht so drastisch, weil fast unmittelbar darauf Sonia kam. Das Haus verlor nicht auf einen Schlag seine bescheidenen Reize, die Blumen in den Vasen, die Tischdecke auf dem Tisch, die brennenden Lichter in Wohnstube, Esszimmer und Küche. Der Boden im Hof war allerdings schon damals nicht nur von Blättern, sondern von einer dicken Zementschicht bedeckt. Jahre zuvor hatte meine Großmutter ihn einzementieren lassen, als das Gras vertrocknete und die herabfallenden Blätter staubige Erde aufwirbelten, wovon mein Großvater allergische Anfälle bekam. Als Sonia kam, kümmerte ich mich darum, das Haus sauber zu halten. Ich fegte, wischte, wusch das Geschirr ab, und wenn ich eine Maus sah, stellte ich eine Falle auf, besorgte Gift und streute es in die Winkel. Ich putzte auch die Moosränder von der Badewanne meiner Großeltern. Nach dem Tod meines Großvaters verließ meine Großmutter Magda drei Wochen lang nicht ihr Bett, bis ich sie eines Abends, als ich von der Arbeit kam, im Hof antraf. Sie saß im Schaukelstuhl, betrachtete die Sterne, und als sie mich sah, sagte sie, früher hätten sie heller geglitzert, worauf ich antwortete, das könne schon sein, früher sei die Luft noch nicht so verschmutzt gewesen.

Wir blieben bis spät in die Nacht draußen sitzen, und ich fragte sie, wie sie sich fühle, weil sie ein wenig krank aussah, worauf sie antwortete, es gehe ihr gut. Dennoch kam sie mir ein wenig seltsam vor. Sie fragte, ob sie düster wirke, was ich verneinte, das sei es nicht, doch tatsächlich war es das, sie hatte begonnen, fahler zu werden, ganz leicht zunächst, aber sie war sich dessen bewusst. Am nächsten Abend fand ich sie im Zimmer hinten im Hof herumräumen. Sie sah mich kommen, sagte aber nichts, blickte mich nur an, und ich half ihr, ein paar alte Möbel umzustellen, warnte sie vor den Mäusen, wozu sie bemerkte, sie habe in dem Zimmer noch keine einzige Maus zu Gesicht bekommen.

Wir schoben Möbel herum, klapprige Stühle, Kartons voll alter Schulhefte, antiquierter Schallplatten, mottenzerfressener Kleidung, rückten ein matratzenloses Bett aus Mahagoni neben die Tür, stellten ein Nachttischchen daneben und darauf die alte Bronzelampe, die ich aus dem Schlafzimmer meiner Großeltern geholt hatte. Dann brachte ich die Matratze aus meinem Bett, denn meine Großmutter erklärte, ab sofort werde sie hier schlafen, ihr Schlafzimmer berge zu viele Erinnerungen und zu viel Traurigkeit, und sie wolle dort keine Nacht mehr verbringen; ich solle ihr bitte meine Matratze geben, sie sei kleiner, und ich solle das Ehebett nehmen, das bequemer sei. Damals dachte ich, es sei eine vorübergehende Maßnahme, aber das war es nicht. Keine der Veränderungen war vorübergehend, weder die Düsternis meiner Großmutter noch die Düsternis des Zimmers.

3

SONIA WAR IM SEPTEMBER gegangen, Doña Prudencia hatte ihren Koffer im Oktober gepackt, meine Eltern, Onkel und meine Tante hatten uns im August verlassen, deshalb erwartete ich letzten November insgeheim, dass irgendetwas passieren würde. Meine Großmutter war noch düsterer geworden. Gegen Ende des Monats, den November meine ich, sagte sie eines Tages, ich solle mir nicht weiter Sorgen machen, es sei nicht ihr Monat, ihr Monat sei der Juni, ich solle aufhören, in einer vorgefertigten Ordnung denken zu wollen, so funktionierten die Dinge nicht, ich solle mich daran erinnern, dass es beim Großvater Dezember gewesen sei, das sei sein Monat, und der November sei mein Monat, in diesem Haus könne sonst niemand Anspruch auf ihn erheben.

»November ist dein Monat. Ob du willst oder nicht.«

Damals wollte ich nicht weiter fragen, was es mit meinem November auf sich hatte, warum sie das sagte oder woher sie es wusste, vielleicht glaubte ich ihr nicht einmal. Inzwischen kann ich akzeptieren, dass dem so ist. Jener November war ein Monat der Enthüllungen. In ihm erzählte sie mir die Geschichte von der mythischen Geburt meines Großvaters und verriet mir das Geheimnis, warum die Namen meiner Mutter und Tante übereinander auf der Hofmauer stehen. Und ich glaube, es war am letzten Tag des Monats, als ich sie abends beim Nachhausekommen in alten Zeitungen aus den Achtzigern blättern sah. Sie sagte, sie habe sie für mich aufgehoben, um mir etwas Wichtiges zu zeigen. Ich stellte das Essen auf ihrem Nachttisch ab, und sie reichte mir eine Seite. Es war der Kulturteil. Dann hielt sie mir eine Kunstzeitschrift hin, die auf der Seite fünfunddreißig aufgeschlagen war. Die Zeitschrift hieß *ElArt*.

»Schau«, sagte sie nur.

Der Zeitungsartikel stammte aus dem Jahr '81, die Zeitschrift aus dem Jahr '87. Der Artikel besprach die Ausstellung einer französischen Malerin namens Rose Michelet. Einige Bilder waren abgedruckt, eines hieß »Spielende Kinder auf der Wiese« und zeigte mehrere Kinder in kurzen Hosen, die auf einem Hügel im Gras lagen. Auf einem anderen mit dem Namen »Familientreffen« waren ein paar alte Frauen in weißen Kleidern abgebildet, und auf einem mit dem Titel »Möwenflug« waren in einem sepiafarbenen Himmel schwarze Möwen auf Tannenspitzen zu sehen.

»Gefallen sie dir?«

»Sie sind sehr schön.«

»Ja, sie sind sehr schön«, sagte sie.

Ich legte den Artikel beiseite und nahm die Zeitschrift zur Hand. Der Text war mehrere Seiten lang, die ich leider nicht verstand, weil er auf Französisch war. Dafür waren viele Abbildungen mit Jahreszahlen enthalten. Auf einem Bild von 1951 spazierten junge Leute durch einen Park, auf einem von '63 sah man eine Stadt in der Abenddämmerung, ein jüngeres von '86 zeigte Kinder, die auf einem Floß gegen die Flussströmung anpaddeln. Es gab noch weitere Bilder, alle aus verschiedenen Schaffensperioden.

»Der Artikel wurde anlässlich eines Buchs über das Leben der Künstlerin veröffentlicht, das damals gerade erschienen war«, erklärte meine Großmutter. »Deshalb ist er so lang und enthält so viele Abbildungen. Sie haben die Biografie der Malerin anhand ihrer Bilder illustriert.«

»Sie sind ziemlich gut«, sagte ich und meinte es ehrlich.

»Sie sind sehr gut. Das ist ihr Werk, das ist es, was sie immer tun wollte. Michelet ist der Nachname ihres Mannes.«

»Ja, ich habe begriffen.«

»Das Bild mit den Kindern auf dem Floß hat mir einen Schock versetzt«, sagte sie. »Ich weiß nicht, warum ich nie daran gedacht habe, dass sie sie gesehen hat, aber natürlich hat sie das, alles geschah ja am selben Morgen auf demselben Fluss, sie muss ihnen begegnet sein. Sieh nur ihre Mienen.«

»Sie sind erstaunt.«

»Ja, erstaunt. Als wollten sie sie grüßen und trauten sich nicht.«

»Ja, so kommt es einem vor.«

Ich griff noch einmal nach der Zeitung und betrachtete das Bild mit der Familienzusammenkunft. Der Vater fehlte, aber da waren die Mutter, zwei Schwestern und noch eine Frau: die Künstlerin selbst. Rose Michelet oder Rosa Michelet Bulnes. Ich weiß es nicht. Ich hätte zu gern geglaubt, dass diese Frau auf dem Foto Magdas Freundin war, die nach Europa gegangen und eine berühmte Malerin geworden ist, dass sie ihrem Namen einen Hauch Raffinesse verliehen hat, ohne ihn ganz aufzugeben, von Rosa zu Rose, dass sie den Nachnamen ihres Mannes angenommen und in Brüssel, Paris, Madrid und New York ausgestellt hat und dass diese Kinder auf dem Floß tatsächlich die Kinder waren, die eines Tages auf der Suche nach einem Mann, dessen Flaschenpost sie im Meer gefunden hatten, aus Valparaíso nach San Salvador kamen, am selben Tag, an dem ein wundertätiges Kind ertrank, als es versuchte, auf dem eisigen Wasser eines Flusses zu wandeln. Aber ich konnte es nicht mehr glauben. Ich war nicht mehr der Junge von einst. Das Leben hatte seinen Schrecken offenbart, es hatte mich zu einem anderen gemacht.

»Die Zeitschrift habe ich aus dem Wartezimmer einer Zahnarztklinik mitgenommen«, gestand meine Großmutter. »Sie lag in einem Stapel anderer Zeitschriften, aber ich habe ausgerechnet diese herausgezogen und bin darin auf Rosa gestoßen, fast fünfzig Jahre später. Mit der Zeitung ist Vicente eines Tages angekommen, er hat sie in einer Bibliothek gefunden, hat er gesagt. Aus Neugierde hatte er in alten Zeitungen geblättert und war über den Namen aus der Zeitschrift gestolpert, die ich hatte. Das war etwa drei Monate später. So etwas nennt man Schicksal, damit du es weißt.«

»So ist es«, pflichtete ich ohne Überzeugung bei.

»Ja, so ist es«, bestärkte sie, vollkommen überzeugt.

»Ich habe Ihnen Gulasch gebracht.«

»Mit vielen Kartoffeln?«

»Ja, mit einem Haufen Kartoffeln, und heute gibt es heiße Schokolade statt Kaffee.«

»Es ist kalt.«

»Ja, das ist der Wind.«

»Heiße Schokolade ist gut gegen die Kälte.«

»Deshalb habe ich sie Ihnen gebracht.«

4

»ICH HABE VON DIR geträumt«, sagte sie.

»Letzte Nacht?«

»Nein, nicht letzte Nacht, es ist schon länger her, aber ich wollte es dir sagen, es ist an der Zeit, es dir zu sagen.«

»Und warum ist es an der Zeit, es mir zu sagen?«

»Eben weil.«

»Werden Sie mir den Traum erzählen, in dem ich vorkam?«

»Es war kein böser Traum.«

»Aber alle Ihre Träume sind böse Träume.«

»Dieser ist es nicht, auch wenn es auf den ersten Blick so scheint.«

»Wird mir etwas zustoßen?«

»Uns allen wird eines Tages etwas zustoßen, das Leben ist kein Märchen.«

»Was ist mit Ihrem Traum? Wollen Sie ihn mir nicht erzählen?«

»Nein, ich kann ihn dir nicht erzählen, aber ich sage dir, dass ich von dir geträumt habe, weil es nichts Schlimmes bedeutet. Glaube mir.«

»Und warum denken Sie, ich würde Ihnen nicht glauben?«

»Weil du so bist, du glaubst mir kein Wort und denkst, ich merke es nicht.«

»Es ist nicht, dass ich Ihnen nicht glaube …«

»Du glaubst mir nicht, aber ich will dir eines sagen: Es ist nicht alles schrecklich. In meinem Traum hast du gelacht.«

»Gelacht?«

»Deshalb sage ich ja, es ist kein böser Traum, ich habe dich als alten Mann gesehen. Bis dein November kommt, wird es also noch eine ganze Weile dauern.«

»Ich habe gelacht? War ich allein?«

»Nein, du warst nicht allein.«

»War ich mit einer Frau zusammen?«

»Ja, mit einer Frau. Sie war auch glücklich, und hinter dir fielen gelbe Blätter hinab, die glänzten wie Gold.«

»Und was bedeutet das?«

»Ich glaube, das bedeutet, dass du gegen Ende deines Lebens viel Schönes erfahren wirst.«

Ich wollte nicht mehr dazu sagen. Es war ein ermutigendes Bild. Ich dachte an meine Mutter, an meinen Vater, an meine Onkel und meine Tante und an meinen Großvater. Ich dachte auch an Doña Prudencia, sogar sie war gegangen, obwohl sie nicht einmal Herrin über ihr Schicksal war, und da kam mir der Gedanke, dass sie vielleicht gern geblieben wäre, aber aus demselben Grund gehen musste, aus dem sie gekommen war: weil das Leben sie dazu bestimmt hatte und sie nichts anderes tun konnte, als zu gehorchen.

Magdalena erzählte weiter, ich erinnere mich nicht mehr, wovon. Ich nehme an, von ihrem Leben in diesem Haus oder von ihren Jugendjahren. Es ist nicht so wichtig.

Es war Dezember, die Bäume draußen säuselten sanft. Ich bekam große Lust, im Park spazieren zu gehen. Eine halbe Stunde später verließ ich das Haus. Die Kälte hatte sich in diesem Teil der Welt niedergelassen, und der Himmel war von einem blassen, wolkenlosen Blau. Ich wanderte durch die Gegend, ging in einen kleinen Wald mit hohen Fichten und lauschte dem Rauschen des Windes in ihren Ästen, diesem merkwürdigen alten Lied, das ich nicht verstand, mir aber vorstellte wie die Weise eines Barden, der durch die Dörfer zieht und von legendären Heldentaten singt. Bei diesem Spaziergang, während ich noch an den Traum meiner Großmutter zurückdachte, wurde mir klar, dass ich mich nicht auf den nächsten November vorbereiten musste, sondern auf den nächsten Juni. Und das habe ich seitdem getan. Ich habe mich auf die nahende Düsternis vorbereitet, die ich mit jedem Tag, mit jeder Nacht in ihr anwachsen sah, in ihrer Stimme, die immer kehliger und rauer wurde, in ihren Augen, die immer milchiger wurden, als erblindeten sie, in ihrer Gestalt, die langsam zu erlöschen schien, in ihrer Haut, die spröde wurde wie Zeitungspapier.

An einem Januartag sah ich sie an und dachte, dass sie wie Asche in einem Feuer aus glimmenden Kohlen war. Sie unterbrach meine Gedanken mit der Bemerkung, der Moment sei gekommen, das Fleisch auf den Grill zu legen.

»Man legt das Fleisch auf den Grill, wenn das Feuer heruntergebrannt ist, sonst verbrennt es außen und bleibt innen roh«, sagte sie.

Magdalena fuhr fort, ihre Zähne seien noch gut, wir sollten ein paar schöne Stücke Fleisch grillen, seit Jahren habe sie nichts dergleichen gegessen. Das Fleisch musste bis Mitte März warten, bis mich an einem Freitag plötzlich solche Gelüste nach gegrilltem Fleisch überkamen, dass ich am Markt vorbeiging und die besten Steaks kaufte, die ich mir leisten konnte. Holzkohle erstand ich auch, und aus dem Schuppen holte ich einen alten Grill, der mindestens fünf Jahre nicht in Gebrauch gewesen war.

»Heute grillen wir. Erinnern Sie sich, dass Sie mir vor Kurzem sagten, Sie wollten gern Grillfleisch essen?«

»Ja, ich erinnere mich, aber ich erinnere mich auch, dass heute Freitag ist und wir uns in der Fastenzeit befinden, da darf man kein Fleisch essen.«

»Verdammt! Und was jetzt?«

»Hör nicht auf mich, wir essen das Fleisch trotzdem. Weißt du, wie dein Großvater es mochte?«

»Wie?«

»Mariniert. Du legst es in Senf, Pfeffer und Bier und Papayaschalen oder Ananasstückchen ein, das macht es schön zart.«

»Bier kann ich auftreiben, bei Ananas wird es schwieriger, Papaya ist ausgeschlossen.«

Ich ging zum Laden und kaufte Bier. Dann bereitete ich das Fleisch zu, wie meine Großmutter es gesagt hatte, und wir aßen im Hof zu Abend. Meine Großmutter beteuerte, wie gesund ihre Zähne seien und wie saftig und köstlich das Fleisch. Die Nacht brach herein, eine schöne laue Nacht, bewölkt und sternenlos. Sie bemerkte, die Nacht sei dunkler, wozu ich nichts sagte, weil mir die Bemerkung unsinnig erschien, doch sie beharrte, sie sei nicht dunkel, sondern dunkler, wie wenn Regen drohe, es aber noch nicht regne. Irgendwoher wehte eine Brise einen schwachen Duft herbei, und Magdalena fragte mich, ob ich merkte, dass die Nacht dunkler sei, dass eine Brise diesen herrlichen Duft mit sich trage, der bestimmt aus dem Kirchgarten stamme, was ich bejahte, und da sagte sie noch einmal, sie habe von mir geträumt, aber auf eine Weise, wie sie es nie zuvor gesagt hatte.

»Ich habe von dir geträumt.«

»Letzte Nacht?«, fragte ich wieder, als hätte ich die Frage nicht schon einmal gestellt.

»Nein, nicht letzte Nacht, es ist schon lange her, aber ich wollte dir davon erzählen, es ist an der Zeit.«

Gegen Ende Mai blieb sie an manchen Abenden ganz stumm. Sie hatte keine Lust mehr zum Erzählen, ich wisse ohnehin schon alles, sagte sie, und abgesehen davon sei ich ein undankbarer Kerl, weil ich ihr kein Wort glaube. Von da an kam ich früher von der Arbeit nach Hause, weil meine Großmutter sich langsam verabschiedete.

Sie war immer düsterer geworden.

Am ersten Juni wachte ich mit dem Gedanken auf, dass es zu ruhig im Haus war. Dass ich bei der nächsten Gelegenheit ein paar Vögel kaufen müsste. Ich hatte nie einen Kanarienvogel singen gehört. Ich hatte nie einen Kanarienvogel zu Gesicht bekommen und hatte keine Ahnung, wo man welche hätte erstehen können. Dann dachte ich, dass ich mich eigentlich vor allem nach ein wenig Krach sehnte und dass es dafür auch ein paar Hähne täten. Ein paar gute Hähne, die morgens krähten und die Nacht verscheuchten. Das ging mir im Kopf herum. Dann stand ich auf, duschte, machte mir Kaffee und ihr einen Kamillentee und ging zu ihrem Zimmer. Beinahe hätte ich sie nicht entdeckt, so tief hinten im Zimmer war sie. Das Wippen des Schaukelstuhls verriet sie.

»Ich habe mit ihnen gesprochen«, sagte sie, als ich herantrat.

»Sie immer mit Ihren Einfällen. Ich habe Ihnen doch gesagt, dass hier niemand ist, aber Sie können nicht damit aufhören. Hier ist Ihr Kamillentee. Trinken Sie ihn, solange er noch heiß ist.«

»Weißt du, was dein Großvater Vicente mochte?«

»Was denn?«

»Hähnchen in Maisbier.«

»Stimmt, Hähnchen in Maisbier, das haben Sie schon einmal gesagt. Schmeckt mir auch.«

»Manchmal hat er sich Hähnchen in Maisbier als Geburtstagsessen gewünscht, und Prudencia und ich haben es ihm gekocht. Prudencia konnte gut kochen. Erinnerst du dich an Prudencia?«

»Ja, ich erinnere mich an sie.«

»Dir hätte Sonia nie Hähnchen in Maisbier gekocht.«

»Was hat Sonia denn damit zu tun? Sonia macht ihrem Mann wahrscheinlich gerade Eier zum Frühstück, bevor er zur Arbeit geht, denken Sie nicht weiter an sie.«

»Ich habe nicht an sie gedacht, ich habe gedacht, dass du dir darüber nicht mehr den Kopf zerbrechen solltest. Vergiss sie, schau nach vorne und finde besser eine Frau, anstatt Hähne kaufen zu wollen. Oder kauf sie dir, wenn du unbedingt willst, und deine Frau soll sie dir in Maisbier kochen, wie dein Großvater es mochte.«

Als ich sechzehn wurde, gab meine Großmutter Magdalena meine Zügel aus der Hand. Nach Doña Prudencias Fortgehen hatte sie sich um mich gekümmert. Eine Zeit lang, als ich dreizehn oder vierzehn war, holte sie mich immer zum Rosenkranzbeten in ihr Zimmer. Eines Tages erkannte sie zum Glück, wie sehr ich es verabscheute und dass sie diese Gebete auch nicht mehr erfüllten wie früher, und sie enthob uns beide dieser Pflicht. Manchmal kam sie abends in mein Zimmer und fragte mich nach der Schule und meinen Noten. Sie riet mir auch, sollte ich mich nach einer Freundin umschauen, nicht nur auf eine hübsche Figur zu achten, Frauen hätten wesentlich mehr zu bieten. Das ging so, bis ich sechzehn wurde und sie mir erlaubte, nach San Salvador zu fahren, wenn ich wollte, ich solle nur auf mich achtgeben, denn auch wenn die Stadt immer größer wurde und alles zum Besten scheine, sei das doch alles nur schöner Schein, tief in ihrem Inneren sei sie verfault und würde immer weiter faulen. Sie sagte auch, manche Menschen könnten so etwas riechen. Sie nicht, aber manche Menschen schon, sie kenne welche, und die hätten ihr gesagt, die Fäulnis breite sich immer weiter aus. Das war in einem November, zu Beginn der Schulferien, und es war das letzte Mal, dass sie in mein Zimmer kam. Mein Großvater Vicente überließ mich nicht mir selbst, wie sie es tat, aber er starb, und das war eine endgültigere Form, mich mir selbst zu überlassen. Sie sagte immer, Gott habe Vicente den Segen erwiesen, ihn im Schlaf sterben zu lassen, denn wer so sterbe, lebe im Paradies weiter wie in einem ewigen Traum, wie ein Kind, und eben das sei mein Großvater gewesen, ein ewiges Kind, alt und krank sei er nur wegen der Tragödie der Kinder geworden, davon sei sie überzeugt.

Vor ein paar Monaten hat meine Großmutter Magdalena mir gesagt, sie habe meine Zügel aus der Hand gegeben, weil es so habe sein müssen. Sie sei einmal versucht gewesen, mich zu beschützen, mich im Glauben zu wiegen, die Welt sei in Ordnung, solange es Hühnchen in Tomatensauce, ein kaltes Sodagetränk am Abend und Vanilleflan am Nachmittag gebe, sonntags die Kirche, den Park und geröstete Maiskolben mit Zitrone und Salz, aber an den Bedürfnissen komme man eben nicht vorbei. An den Bedürfnissen, die ein Mann verspürt, wenn er zum Mann wird, und auch schon vorher, auf dem Weg dahin. Deshalb habe sie mich losgelassen, damit ich selbst mich so gut wie möglich auf das Leben vorbereiten könne, denn dafür sei das Leiden gut und auch die Einsamkeit. Als sie mir das sagte, fragte ich sie nach dem November, wann mein November käme, der November, von dem sie geträumt hatte, und sie antwortete, dazu könne sie nichts sagen, bis dahin werde noch viel Zeit vergehen, und ich fragte mich, wie mein Leben wohl in zwanzig Jahren aussehen würde, in einem November in zwanzig oder dreiundzwanzig oder fünfundzwanzig Jahren, wenn die »viele Zeit« auf ein »jetzt« geschrumpft wäre.

Ich weiß nicht, ob es etwas nutzt, sich weiter Gedanken zu machen. Draußen weht wieder der Wind und die Bäume singen leise. Es duftet auch wieder wie in jener Nacht.

»Riechst du das?«, fragt sie mich.

»Ja.«

»Das ist der Duft aus dem Kirchgarten. Lieblich und süß wie immer.«

»Es riecht gut.«

»Ich glaube, ich werde ein wenig schlafen, ich bin müde.«

»Schlafen Sie«, sagte ich, und ich wäre gern zu ihr gegangen, um ihr mit einer Umarmung Gute Nacht zu wünschen wie als Kind, doch sie war schon nicht mehr da, sie war mit der Düsternis des Zimmers verschmolzen, ich konnte gerade noch ihre Stimme hören, unterbrochen vom Wispern des Windes in den Bäumen draußen auf der Straße, wo die Leute durch die einsetzende Dämmerung schlenderten und die Laternen ihren gelblichen Schein auf die Gehsteige warfen und der Motorenlärm das einfältige Zirpen der Grillen überdeckte und die zahllosen Sterne im wolkenlosen Himmel für niemanden schienen.

5

DA OFFENSICHTLICH WAR, WAS geschehen würde, bereitete ich mich darauf vor. Sie hatte ein wenig Geld, das sie mir Mitte Mai gab. Sollte ich etwas brauchen, sagte sie, doch ich hatte keinen Zweifel daran, dass sie es mir für etwas Bestimmtes gab. Ich informierte mich, wo sie verkauft wurden und wie teuer sie waren. Ich wählte ein schlichtes Modell mit einem Futter aus ockerfarbenem Samt. Ich bezahlte den geforderten Preis und sagte, ich würde ihn wahrscheinlich bald, jedoch noch nicht gleich brauchen. Als es so weit war, fuhr ich mittags mit einem Taxi hin und nahm ihn mit nach Hause. Ich ließ den Taxifahrer durch das Hoftor fahren, das seit Jahren nicht benutzt worden war, und er half mir, ihn ins Wohnzimmer zu tragen.

Als er weg war, bereitete ich Magdalenas Sachen vor. Einige waren noch im Schlafzimmer, das sie mit meinem Großvater Vicente geteilt hatte. Ein fast leerer Parfumflakon, ein schwarzer Schal, den sie selbst gestrickt hatte, ein Paar Schuhe aus den Fünfziger- oder Sechzigerjahren, eine dunkle Brille, ein großer abgeschabter Kamm. Ich nahm ihre Kleider aus dem Schrank, faltete sie und presste sie zu einem Knäuel, das ich zusammen mit den anderen Sachen dorthin legte, wo ihr Körper hätte sein sollen. Aber das war noch nicht genug. Ich sah eine Weile aus dem Fenster, bis ich mich selbst überzeugt hatte, dass nichts dabei war, ins Zimmer am Ende des Hofs zu gehen und ein paar weitere Sachen zu holen.

Als Erstes öffnete ich weit das Fenster. Es befand sich unter einem riesigen Baum, weshalb der Raum nie besonders hell war. Unter dem Bett fand ich fünf Paar Schuhe, und in einer Kommode neben dem Bett waren Kittel und Kleider, alle ordentlich gefaltet, wie fertig zum Einpacken. Außerdem stieß ich auf eine Schachtel voll alter Tabletten, auf zwei Parfumflakons und einen Tiegel mit Handcreme, eine Zahnbürste, drei kleine Töpfe, ein paar Zeitungen, die in einer Ecke gestapelt waren, mehrere Laken, in die ich alles einwickelte, und ein paar Kettchen aus Silber und Glasperlen, die meiner Tante und Mutter gehört hatten.

Es ist ein rechteckiges Zimmer. Man betritt es durch eine Tür am Ende des Hofs, neben der Tür befindet sich das Bett, neben dem Bett eine Kommode und neben der Kommode das Fenster. Gegenüber des Bettes gibt es noch eine weitere kleine Tür, die ins Bad führt. Das Bad nimmt eine Hälfte des hinteren Zimmerteils ein, in der anderen Hälfte steht ein altes Stockbett, in dem meine Onkel geschlafen haben. Dort habe ich sie gesehen. Sie wirkten wie auf einem Familienfoto. Ihr Anblick löste ein sonderbares Gefühl in mir aus, ich hatte keine Angst, es hatte fast etwas Vertrautes. Ich saß auf dem Bett meiner Großmutter und wickelte die Sachen, die ich mitnehmen wollte, in ein Laken. Ich sah fast nie nach hinten zu dem Stockbett und wollte es auch diesmal nicht tun. Aber ich tat es. Dann wandte ich den Kopf ab und blickte nach draußen, ins Licht, und sagte mir, dass ich wegrennen müsste, weg aus diesem Zimmer, aus diesem Haus, doch gleichzeitig merkte ich, dass ich nicht konnte. Und so wandte ich den Kopf sehr langsam wieder hin und stellte fest, dass sie noch dort waren, zwei Männer in nebeneinanderstehenden Schaukelstühlen. Dann kam irgendwoher eine Frau und stellte sich neben einen der Männer. Ich sah sie ganz deutlich, hörte sogar so etwas wie Gemurmel, und war unfähig zu sagen, ob es die Brise aus dem Hof war oder ob es von ihnen kam. Die Frau war jung und sehr schön. Für Momente sah ich alle drei so klar, dass ich einen der Männer wiederzuerkennen glaubte. Ich war mir fast sicher, dass es der Mann aus dem nach Medikamenten riechenden Zimmer in jung war, mein Großvater Vicente. Mein Herz pochte, und da drehten sich alle drei zugleich um, als hätten sie meine Gegenwart wahrgenommen, und wir sahen uns in die Augen, und die Frau lächelte.

Ich fühlte das kühle Gewicht einer Träne auf meiner Wange. Einer einzigen. Sie genügte. Ich verkörperte das Ende einer Geschichte, der Geschichte einer Frau, ihrer Vorfahren und Nachkommen. Ich war noch sehr jung, um sie alle sterben zu sehen, um der Schlusspunkt zu sein, aber so war es, und alles ergab einen Sinn durch mein Wissen, das hatte ich durch die aus Dutzenden Geschichten bestehende Geschichte gelernt, die mir diese Frau erzählt hatte.

Als ich den Raum verließ, wusste ich, dass ich die Tür nicht schließen würde, dass sie offen bleiben und ich immer wieder zurückkehren würde, mich in den Schaukelstuhl von Doña Magdalena setzen und den Erzählungen lauschen würde, die ich alle schon gehört hatte. Ich hatte keine Angst. In gewisser Weise war ich glücklich, von einem Gefühl erfüllt, das ich als Kind gekannt und dann vergessen hatte, und ich begriff, dass ich etwas wiedergefunden hatte, das mir unbemerkt verloren gegangen war. Ich glaubte. Plötzlich war mir unverständlich, wie ich nicht hatte sehen können, dass diese Frau, meine Großmutter Magdalena, nichts erfunden hatte, dass sie die Wahrheit selbst war; und nun war sie in die Schatten eingegangen, nicht in die Finsternis, in die Schatten, wo ich sie noch einmal sehen durfte.

Nachdem ich ihre Sachen in den Sarg gelegt hatte, schloss ich ihn und begann, das Begräbnis zu organisieren. Es sollte am nächsten Vormittag um zehn stattfinden. Die Leute vom Friedhof sagten mir, sie würden um halb zehn einen Leichenwagen schicken, eine halbe Stunde sei mehr als ausreichend für den kurzen Weg. Ich antwortete, ich sei mit allem einverstanden, ich werde sie um halb zehn erwarten. Dann ging ich zu Paulo in den Laden. Meine Großmutter ist gestorben, sagte ich statt eines Grußes, und ich bat ihn, Bescheid zu geben, wo er es für notwendig erachtete.

Abends kamen mehrere Frauen mit weißen Kopftüchern und sangen Loblieder auf die Verstorbene, und dann kamen andere, die ich nicht kannte, und brachten Kaffee und Brot, und um zehn beteten sie den Rosenkranz und sprachen mir erneut ihr Beileid aus. Ich nahm ein paar Schlaftabletten und wies sie darauf hin, dass ich das Haus abschließen würde, was ihnen nichts ausmache, wie sie sagten, sie würden die ganze Nacht wachen. Das wiederum hielt ich für keine gute Idee, womöglich käme eine auf den Gedanken, ein letztes Mal das Mädchen Magdalena sehen zu wollen, und höbe den Sargdeckel an. Wie entsetzt wären sie, statt der Verblichenen Doña Magdalena ein Kleiderknäuel in einem Laken vorzufinden, eine Jasminblüte darauf, und da ich ihnen nicht sagen konnte, dass sie zu Schatten geworden war, im Zimmer am Ende des Hofs, zog ich es vor, sie alle vor die Tür zu setzen und allein im Haus zu bleiben. Am nächsten Tag kam niemand zur Beerdigung.

Aber das hatte keinerlei Bedeutung. Es war ein strahlender Tag. Nie erschien mir die Stille schöner und wahrhaftiger. Als die Totengräber später Erde auf den Sarg geschaufelt hatten, blieb ich noch lange stehen, fraglos wartete ich noch auf etwas. Ungefähr fünfzig Meter entfernt sah ich drei Männer im Schatten der Bäume stehen. Erst aus den Augenwinkeln. Dann sah ich sie direkt an. Meine Onkel, dachte ich. Immer wieder sah ich zu ihnen, weil ich dachte, es könnte vielleicht noch jemand bei ihnen sein. Für einen Moment dachte ich, sie würden näher kommen, aber das taten sie nicht. Ohne dass ich es merkte, waren sie wieder weg, sie gingen mit dem Wind, denn plötzlich kam ein kalter Nordwind auf, die Zweige sirrten, und ich spürte eine noch eindringlichere Gegenwart, ganz nah bei mir, und ich wusste, wer mich mit dem Wind umarmte. Ich schloss die Augen und sagte tonlos: Wie schön, dass du da bist. Denn sie war da, auch wenn sie es nicht war. Irgendwie hatte sie es erfahren. Und es war das Natürlichste, Alltäglichste und Magischste der Welt, dass der Nordwind mir eine Botschaft von einer Frau brachte, die keine Handlinien hatte und mit einem Koffer voller Fotografien umherreiste.

Als der Wind nachließ, sank eine tiefe Kälte in mich, und mir wurde bewusst, dass ich allein war. Und auch wenn ich in diesem Moment zu weinen begann, erfüllt von Hoffnungslosigkeit, Angst und einer unendlichen Traurigkeit, war doch alles auf eine Weise gut. Ich begriff, dass ich der Letzte war, der Letzte einer Geschichte, die vor langer Zeit mit einem Mann begonnen hatte, der immer gewandert war, noch in meinen Schritten weiterwanderte, dass aber alles ein Ende nehmen würde, weil diese Geschichten mit mir aufhörten, und dass ich allein war, weil wir am Ende immer allein sind, und dass ich mich nicht beklagen oder versuchen musste, irgendetwas zu ändern, denn alles war immer so, wie es war, seit dem ersten Menschen Jahrtausende vor mir, und würde es sicherlich in etlichen Jahrhunderten oder Jahrtausenden für den letzten Menschen immer noch so sein, wenn es keine Zukunft mehr geben und die Vergangenheit nicht aus ein paar Menschen und Geschichten bestehen würde, sondern aus einer gesamten Menschheit, wenn die Geschichte zur Geschichte einer untergehenden Welt geworden wäre. In diesem Bewusstsein ging ich zu dem Haus, das meines gewesen war und sein würde, und der Gedanke drängte sich mir auf, dass ich zwar vielleicht der Letzte, gleichzeitig aber auch der Erste war. Dass alles von vorne beginnen würde. Und mich überkam die Lust, loszuwandern, irgendwohin, an unbekannte, unvorstellbare Orte, eine unbezwingbare Lust.